LOBISOMEM SEM BARBA

Equipe Balão Editorial
Flávia Cristina Yacubian
Guilherme Kroll Domingues
Natália Carrança Tudrey

Estagiária: Lilian Yuri Ishida
Imagem da capa: *HOMO HOMINI LUPUS*, Wagner Willian, 2012

CATALOGAÇÃO NA PUBLICAÇÃO
BIBLIOTECÁRIA: FLÁVIA L. B. RANNA CASTAINÇA CRB-7: 6117

W135l
Willian, Wagner, 1968-
Lobisomem sem barba / [texto e ilustração] Wagner Willian. -
São José do Rio Preto : Balão Editorial, 2014.
352 p. ; 16 cm
ISBN 978-85-63223-17-3

1. Ficção brasileira. I. Título.
CDD: 869.91

Acompanhe-nos na web!
www.balaoeditorial.com.br
Twitter: @balaoeditorial
Facebook: www.facebook.com/balaoeditorial

Para falar com a gente:
balaoeditorial@balaoeditorial.com.br

WAGNER WILLIAN

LOBISOMEM SEM BARBA

balão editorial

para minha jaqueline e àqueles que, em algum momento, ultrapassaram a realidade, esses lobisomens com ou sem barba: jorge coli, xico sá, daniel, felipe, hiena existencialista, rabino e tiberius wolf, anderson, césar, anafe, oscar, george, renatos, dw, kako, james kudo, junka, irmãos brandi, kitagawa, fabiola, rossiley, joão, neide, osni, luiz, dário, janara, lair, miyajima, os loucos da família.

apresentação

Você pega este "Lobisomem sem barba" de jeito, pelas orelhas, e vocifera: como a literatura e a nossa cultura livresca andam certinhas e ainda uivando para o século XIX dos velhos compêndios, romances & chororôs. Wagner Willian, cara que conheci como vendedor em uma livraria de shopping na cidade de San Pablo, sabe que mais vale um "noir de baixo orçamento" do que mais um volume gutenberguiano careta nas gôndolas do mundo.

Rita Maverick, que posta decentemente nesta edição, sabe do que estou tratando. Personagem que é personagem posta salmos malditos, diálogo com o Incrível Hulk, Bruce Banner e ainda deixa o Super-Homem na encruzilhada entre o amor de gibi e o Nietszche. Com a palavra, em poucos caracteres, Lois Lane, outra que comparece nesta saga de assombração além do rasteiro e do pop.

Se o(a) amigo(a) se interessa por taxidermia, antipsiquiatria, manuais do homus-picaretus-modernus também deve seguir os rastros do lobisomem desta novela até se deparar, por exemplo, com um bang bang na voz de Nancy Sinatra. Tarantino não conseguiria amparar esta moderníssima mitologia na sua tela grande. Nem com o mais megalô dos orçamentos.

W.W. e o seu duplo, escritor-ilustrador, nos deixa de presente um imberbe herói moderno em sintonia com os feios, sujos e malvados.

Xico Sá

prefácio

pornografia é o sangue que escorre quente pela garganta.

Esta é a frase.

Vim guiando e ouvindo Dusolina Giannini cantando Aida. Abri o computador para escrever, de uma vez por todas. No pdf do Lobisomem estava Dusolina Giannini. Quem mais neste mundo conhece Dusolina Giannini?

Não sei se foi lapso. Está escrito
franja
Será que era
franju?
Tudo está na fresta e na fissu-
ra aberta pelos fragmentos.
Entre desenho e escrita.

existe uma fissura no cérebro por onde passam sensações inexplicáveis, onde o sobrenatural consegue agir de alguma forma, sob uma lógica inumana.

foi aí que a realidade começou a existir.

Ele não foi à minha ópera. Não ouviu o tango desconstruído.

As garagens dos ventos e das cabeleiras negras
os automóveis sabiam, confiantes, as carícias.
A alma crente esperava passageiros,
a cor dos mapas antigos ninguém lembrava.

Flutuo sem navegar. no sabor, na correnteza.

Grande, grande livro.

Jorge Coli

LOBISOMEM SEM BARBA

introdução

postado por mauro antunes

a temperatura de suas descrições, a contraposição de diversas texturas e sabores possíveis em toda a sua tridimensionalidade textual, não como um objetivo, mas como um meio onde fosse possível sublinhar a comunicação intuitiva das personagens e dos fatos em unidades relativamente breves terminando por revelar, sob a luz de uma outra espécie, o valor de sua reverberação. a sombra projetada pelo texto finalmente irá compor o animal dessa narrativa. talvez você consiga sentir o odor de sua saliva. seria essa a língua demiúrgica? capaz de extrair a máxima vida de cada uma de suas palavras para descartá-las como se valessem nada. como a mancha de nanquim ferindo a superfície do papel, ultrapassando suas margens; é a perseguição da forma e

movimento pelo puro prazer da caça.

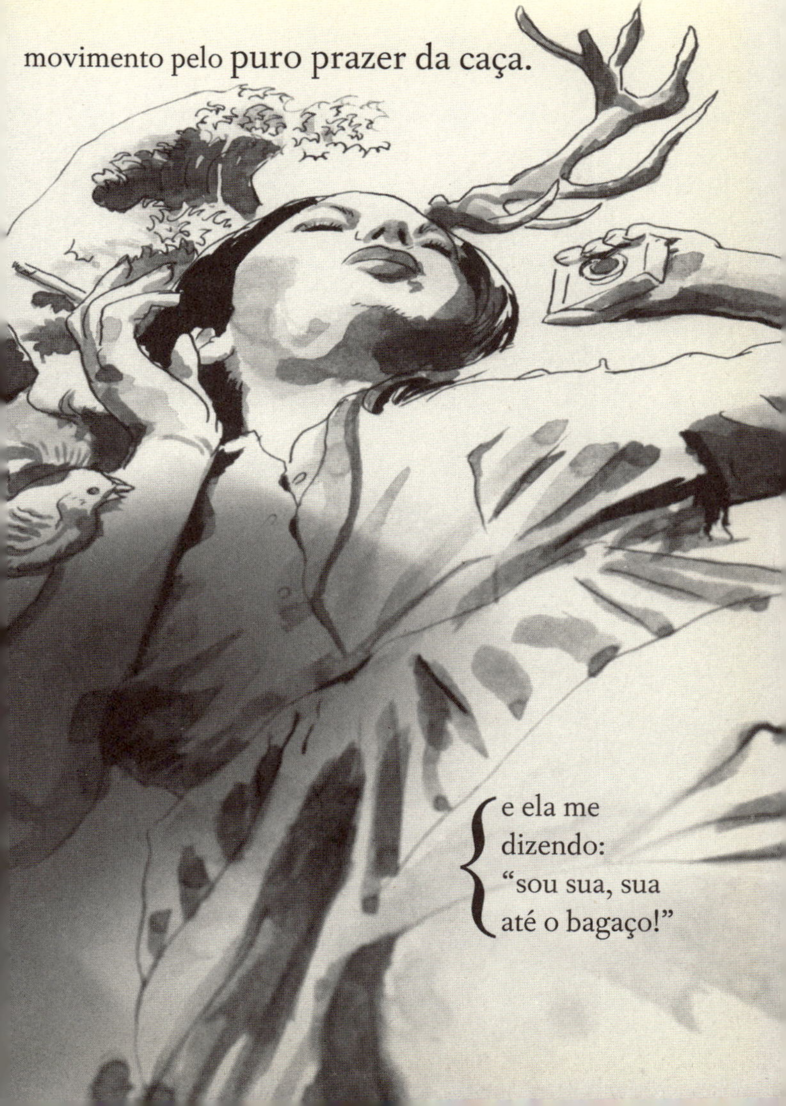

e ela me
dizendo:
“sou sua, sua
até o bagaço!”

subcultura

estão todos fracassando em seus papéis

entre cafés e bukkakes

postado por um distúrbio de personalidade

de rita maverick

são paulo. cafeteria. dezenove horas. o café ainda estava quente quando deisy anotou no guardanapo:

pornografia é o sangue que escorre quente pela garganta.

vip

postado por uma consumidora invertebrada

sarah se vestia na coach, bebia café na starbucks, tinha um escritório de design ecológico e inventou de comer churros. ganhou uma diarreia dasluviana. a última vez em que ela foi vista?

bem, ninguém se lembra mais.

▶ *logorama é um curta-metragem de animação francesa sobre um mundo feito de logotipos. fizeram uma versão plagiada à brasileira com sarah escondendo-se atrás de vários logos de marcas famosas, sendo caçada pelos holofotes da interpol, ao lado de socialites sacanas e políticos vis.* ■

.sarah, três anos atrás

perderam as cores dos gibis antigos

postado por bruce banner

para uns, bondade é característica humana e artificial. a maldade seria o revés natural e animalesco. pensando nisso, juan carlos decidiu mandar o trabalho à merda ou pelo menos chegaria atrasado. não sairia do banheiro sem antes terminar de ler seu incrível hulk.

> - por que você deletou meus comentários anteriores?
> - não se preocupe, os próximos serão também.

para o alto e avante!

postado por lois lane

o super-homem de nietzsche é muito mais um clark kent do que o próprio de capa e sunga vermelhas. talvez o ridículo fosse necessário. quem sabe?

ele sabia e muito bem.

as letras na porta diziam "A DIRETORIA". depois de explicar sua versão dos fatos, emendou ao diretor-adjunto:

- se você não está satisfeito, peça demissão.

minutos depois vieram perguntar o que ele havia dito ao chefe.

- quem tem chefe é índio.

acendeu um cigarro ainda no saguão da empresa.

piscou para a recepcionista.

sentia superpoderes.

desenho do super-herói
estatelado no asfalto quente,
de chris ware, das "aventuras
de jimmy corrigan, o menino
mais esperto do mundo"
ou a velha vontade de
mandar tudo às favas
afinando seu pescoço.

SAYO

► *"bang bang" na voz de nancy sinatra.* ■

das vacas magras

postado por uma cabra vadia

pudor era a única forma de perversão.

nara havia sido aconselhada a estabilizar sua vida sexual e começar a se preocupar com outras coisas. mas "tava foda".

NARA .40

da moda cyberskin

postado por uma mulher à moda antiga

pediu um descafeinado e terminou a noite nas cervejas sem álcool. suellen ficou imaginando se depois daquele encontro ele voltaria aos braços de uma boneca inflável.

idiota.

▸ *"music is my hot hot sex"*
- cansei de ser sexy ▪

pelas barbas do profeta

postado por antônio conselheiro

uma série de coincidências fez júlio acreditar em intervenção divina. só não esperava que a mão de deus fosse tão peluda.

> - quer ver algo realmente peludo?
> - a barbearia está fechada hoje.
> - na verdade, estou bem em frente ao seu prédio.
> - sério?
> - atenda o interfone.
> - ...

do estilo old school de tatuar a vida

postado por dudu

denise considerava-o mais surreal que dalí, mais brigão que duchamp, tão sexy quanto picasso, popeye, o marinheiro. "tá bom, bolo fofo? toma essa!" já olívia dava mesmo o que falar. mulher do porto, ora com um ora com outra...

> - vendo por esse ângulo, você é uma olívia palito das boas, pi-piiii.

licantropia - primeira parte

postado por snoopy

o ser humano não se suporta mais.

mauro chegou a essa triste conclusão através da mais peluda de todas as evidências. cães, gatos e afins. antes, animais de estimação; hoje, muito mais do que ele mesmo foi um dia.

acendeu um cigarro. soltaria um latido sexy à primeira dona que aparecesse pela frente.

ye

▸ *"king of the dogs"*

de iggy pop em três versões para videoclipe. escolha o seu e vá latir pelas bandas de lá ■

zoofilia pop

postado pela loira do king kong

as diferenças atraem quando as semelhanças não cumprem seu papel. alguém falou em complacência?

relatividade dos valores estéticos e suas reações emocionais - ela nunca deu a mínima para tais bobagens. podia ser o mais bisonho dos bizarros, sentia um tremendo calor na bacurinha.

- sou muito feliz por tê-la ao meu lado.
- infelizmente não posso dizer o mesmo porque você teima em mudar de posição sempre.
- essa você roubou de mim.
- já dizia picasso...

versão brasileira marshmallow

postado por pepé lê poe

os amores mais fortes são destituídos de qualquer higiene.

nesses pontos sombrios onde submerge a razão epidérmica, tamires adorava comer marshmallow.

> - tava a fim de comer algo pesado...
> - um rabanete de cavalo ia bem agora. pra curar a ressaca.
> - isso! sabe onde tem um bom?
> - porra, mas é claro! em meia hora eu passo aí pra te buscar, biscat.
> - fechou.

minha overdose de marshmallow

só por curiosidade,
você poderia abrir
as pernas?

slow food

postado por tenente uhura

submetia-me a emoções mais impulsivas, desenfreadas. ficava eufórica. absorvia todas as contrações mentais. fervia. como queimava meu corpo. e tudo parecia se dissolver. isso era bom. demais.

- carne nova no pedaço?
- enterprise como quiser, rs.

► *"blue rondo a la turk" - dave brubeck* ■

metalinguagem

postado por betty bebop

para jussara, metalinguagem é sinônimo de cunilíngua.

> - você gosta de cunilíngua?
> - depende de que língua estamos falando.
> - sou poliglota.
> - hahaha. boa tentativa, querido, mas não. não será dessa vez.
> - certo. adiós.
> - ...
> - metalinguagem, metanarrativa, metatudo, sua fofa!
> - ai ai ai! (gritinho mexicano) se não é a jujuba mais doce dessa bandalheira!
> - rs. tá boa, linda?
> - me sentindo meio putinha hoje.
> - percebi. e quero participação nos lucros!!

do mauro, o toy-arte

postado por uma consumidora satisfeita

ornela sabia que não existiam mais homens como antigamente. comprou o seu pelo mercado livre.

mauro, o cabra-macho.

"macho que é macho tem que ter o saco grande."
frete grátis para todo brasil.

- opa! só tem mais uns quatro na rede.
- você não vende a ornela também? rs.
- querido alex, infelizmente ela não está à venda. é uma peça única e exclusiva do fabricante. porém, temos outros modelos que podem interessá-lo. obrigado.
- saco grande? não é "rendido" rsrsrs!!! dizem que homem bom é homem brocha...
- OPA!!! me passe a descrição e preço dos produtos...rs

participações especiais de manu, alex e ro

► *"o homem da gravata florida" - jorge benjor* ■

“amanhã de manhã vou fazer café pra nós dois...”

postado por leôncio

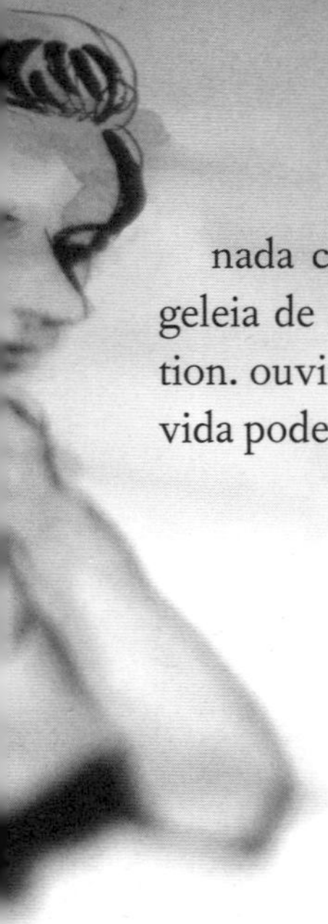

nada como um café da manhã com torradas, geleia de amora e chocolate quente em stop motion. ouvindo “smoke rings”, the mills brothers. a vida pode ser boa enquanto permitir.

> - pelo visto alguém se deu bem a noite passada. e não fui eu!
> - você ainda tem muito o que aprender, suellen.
> - foda-se.
> - é o que mais tenho feito. diferente de você que deve ter virado virgem novamente.
> - foda-se novamente.
> - amor, assim eu gozo...

com docilidade

bollywood

postado por hanuman

nenhum laço amoroso resiste a uma explicação razoável.

lívia hazan parece não se preocupar com tais questões depois que passou a usar o incrível BONDAGE FÓQUER BLÉSTER com seu eficaz sistema de imobilização testado e aprovado pelos maiores especialistas da área. seus níveis reguladores exclusivos garantem uma total eficácia. (depoimento de lívia) "depois que eu passei a usar o incrível BONDAGE FÓQUER BLÉSTER me tornei uma mulher muito mais segura." diga adeus às dores de cabeça! BONDAGE FÓQUER BLÉSTER garante o fim das crises de ciúmes doentios ou seu dinheiro de volta! BONDAGE FÓQUER BLÉSTER vem com manual e dvd explicativo inteiramente grátis. E MAIS! ligando AGORA você leva INTEIRAMENTE

GRÁTIS uma algema de pelúcia. o que você está esperando? ligue agora e peça seu BONDAGE FÓQUER BLÉSTER.

um mês depois...

- king kong de merda! king kong de merd...

haole ou quando o cósmico virou cômico

postado por galactus

depois disso, sentou-se na cama por um longo tempo. tinha um maço de cigarros pela frente e michelle loreto anunciava um dia de sol para amanhã. sua expressão não tinha significado algum.

em tempos medíocres,

a insatisfação é

interminável.

{ *traço elegante de john buscema sobre a figura clássica do surfista prateado em uma cena barata.*

WC

postado por carrie, a estagiária

quem cedo madruga se fode mais cedo. existem os que fodem e os que são fodidos. mais vale uma foda na mão do que dois pintos caídos.

foi escrevendo haicais como esses no banheiro da empresa que isabel ganhou notoriedade anônima.

era noite de terça. estava se sentindo demais. precisava encher a cara e foder com tudo ou...

> - não espalha, pô.
> - não resisti, rs.

► *"the sun ain't shining no more"*
- the asteroids galaxy tour ■

PEGUEI O SICA, DW, ACIOLI, COUTINHO
CHINCHEI MUTARELLI
DEI PRO ANGELI
TRAUSEI LAERTE
LIVRAI-NOS DO MAL!!
A INVERSÃO DE
O PÂNCREAS DE
A QUIZUMBA DO
FAFOFU
CHEIRO DE MERDA
DEISY É UMA VACA
SUELLEN ME DEVE MIL REAIS
NO REGAÇO DO CHEFE CABE MUITO MAIS

“eu não sou cachorro, não...”

postado pelas waldickettes

há um fanatismo claro nas mentiras que os homens contam às mulheres. nesse jihad das partes íntimas vale tudo, desde a mais waldick-soriana das frases ao sutil toque de mestre.

- acha que eu não sei as mentiras que vocês homens contam?
- as minhas, você não conhece.

- ainda bem que o romantismo termina quando acaba a cerveja.

participação especial de george

da hibristofilia e das fotos do começo do séc. XX

postado por jack, o estripador

não existe um prazer
inocente e nem toda culpa
é católica, querido.
há muitas coisas de mim
que não sabe.

lívia tinha mãos florentinas e um certo tipo de convulsão burguesa.

na televisão, um episódio antigo do pernalonga. ele ajeita as orelhas sob a touca de natação, prestes a saltar de um trampolim absurdamente alto para mergulhar em um copinho americano com uma boa dose da branquinha. e ele consegue!

agora }
suma }

das memórias presas no verso do cartão-postal

postado por ahab

suellen deixou as calças atrás da geladeira e um monte de dúvidas sobre quem irá aquecê-la esta noite. pintava as unhas sentada na janela indiscreta. dava pra ver o mesmo mar de quando era menina.

o telefone tocou.

deixou que tocasse.

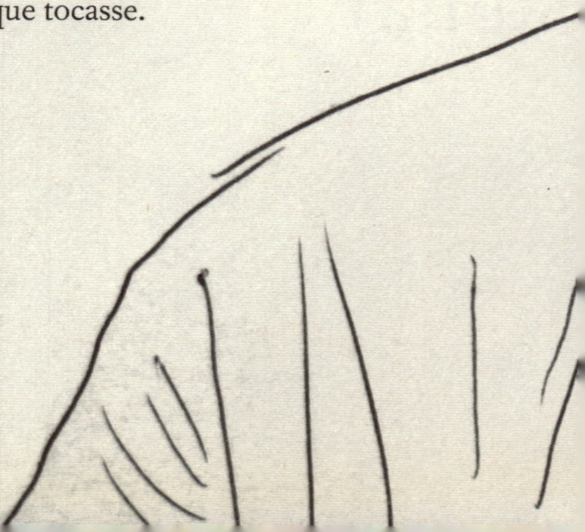

do oceano pacífico

postado por moby dick

uma garota de pé sobre a areia úmida da praia. nada parecia melhor que aquilo.

> - prefiro você assim.
> - é, eu também...
> - eu baixei um filme, tá a fim?
> - qual?
> - "o marido da cabeleleira".
> - sobre?
> - fala de um homem que desde criança já sabia o que ia ser. o marido da cabeleleira.
> - sempre quis ser a mesma coisa.

▶ *destaque para a cena do filme onde o francês dança com o tunisiano.* ■

miss daisy é o nirvana

postado por lhama rinpoche

todos os amigos de leopoldo buscavam conforto na religião. ele se esparramava no sofá-cama de milianos mesmo, tinha tv a cabo e de vez em quando se dava ao luxo de comer uma miss daisy.

merchandising miss daisy sabor torta holandesa, kurt cobain em cena ou algum retrato de deisy mantovani dando o que falar.

filosofia de kung fu barata

postado por gafanhoto

antes de mandar tudo à merda verifique se a descarga está funcionando ou a merda voltará contra você.

dito isso, o mestre de
ung fu continuou sua es-
etacular exibição. o ven-
› soprava do leste e os pi-
heiros pareciam vibrar.

cultura morte-americana

postado à brasileira

nem precisou medir a pressão, foi o médico bater o olho e ditar: "jesualdo sofre de uma colonização norte-americana do inconsciente". receitou pelada aos domingos, arroz-doce, todos os sambas do cartola e uma cabrocha faceira pra lhe fazer denguinho.

► *"essa moça tá diferente" de chico buarque. não deixe de assistir ao videoclipe também. tão refrescante quanto um gole de guaraná jesus geladinho...* ■

7 896062 513458

do que é feito um happening

postado por antonieta gonzáles de lavínia

ouvindo coisas como "semiótica antropofágica", "idiossincrasia semântica" ou "o corpo em seu estado cru", wang lee wo pôs o pau na mesa julgando-se um bárbaro de barbas ao sugo sauvignon e bateu punheta *site specific* na renomada galeria.

jaqueline achou o máximo!

- porra, por que você não atende minhas ligações?

EL HO
DE
MANCHA

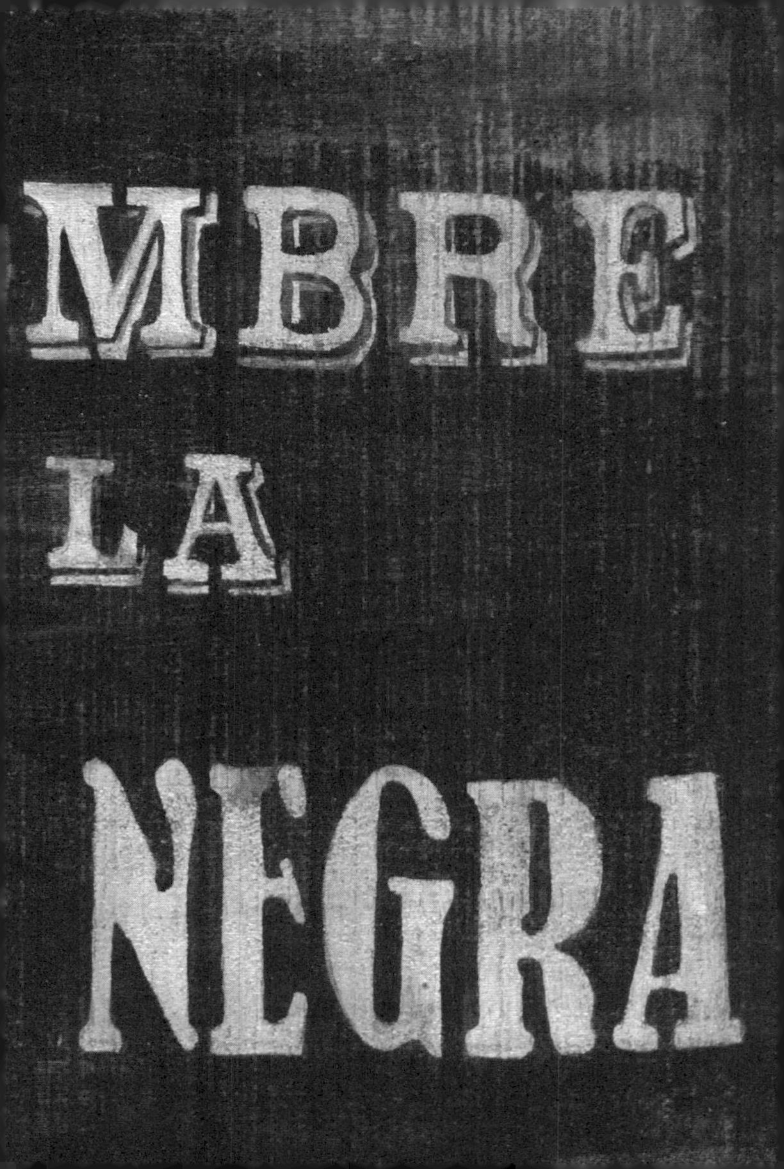
MBRE
LA
NEGRA

chuck norris de calcinha

postado por charles bronson

se você não tem nada a dizer, não diga. denise não conteve a frase entre os dentes. era uma frase indomável.

> - vá passar a mão na bunda da tua mãe, seu filho de uma puta!
> - ahhhhahaaaha, não era bem isso, mas...

toque blanche

postado por ratatouille

sabendo que as palavras têm sabores e temperaturas diferentes, adriano preparou com tal minúcia em sua cozinha uma frase perfeita para ser servida quente. como não havia mais ninguém para prová-la, provou sozinho. salgou demais.

nem o cachorro quis.

deuteronômio 33:17

o chifre do touro em suas pernas
primeiro golpe

olé!

bem-vinda ao clube

postado por saartjie baartman

meu orgulho não é, assim, uma brastemp, mas sou cliente premier e minha vida não tem limites. vendo moralidades à moda da casa. meu derrière é cool! mesmo assim, não fico totalmente satisfeita. mas nada como uma bela trepada pra deixar a vida mais suportável. jorrou tanto sangue na nossa cara, já vimos tanta merda neste mundo que, pelo menos, eu não me surpreendo mais. as coisas vão se tornando cada vez mais fáceis quando a gente se acostuma.

essa é minha vida. essa sou eu.

dane-se o clube! faça sua parte ou quip ualquim, módafóquer.

.thelma ou louise, nunca sei ao certo

vício e vicissitudes

postado por lady nicotina

ao perceber que sua vida não valia um filme de sessão da tarde, mauro voltou a fumar. dois maços por dia.

- hollywood?
- derby prata meishmo, ju. foi promessa.
- tá louca?
- primeira grande decepção, voltava. ontem comprei o primeiro maço. depois de cinco anos me segurando pra não dar um pito.
- nãoooooooo!
- pensei que o post era sobre o mauro...
- mauro que se foda.

sempre
tão frívola.

▶ *"deixa eu dizer" - cláudia* ■

fenomenologias escandinavas

postado por edmund husserl

sempre tão intimista sobre as regiões mais excusas de sua personalidade, solange vê o horror como parte inevitável de sua cultura, mesmo considerando todos os deslizes hormonais, ao mesmo tempo em que aquela criatura mutante continua passando radiação e cheques sem fundo sem nenhum pudor.

- eu sei do que você precisa.
- ainda bem que alguém sabe.
- vou dar um toque na bel e ver se ela não quer sair com a gente.
- ah, menina... se não é você na minha vida, nem sei o que faço.
- baixa as calcinhas.
- só se for agora!

88

WC

postado por carrie,
a estagiária

ignorância é felicidade
obsessão é permanência
sangue bom é sangue
de boceta!

- puta velha!
- também te amo.
- eu não. a gente passou um veneno. mas já era. você faz parte de um passado cagado que eu pretendo esquecer.
- hahaha, meu pequeno desbunde, você não vive mesmo sem mim. mas, ei, vamos de livrinho infantil? que tal? tenho mais um na jogada.
- olha!
- falta um nada pra terminar e daí eu já te passo.
- qual o título?
- "tamires e seu tio hipopótamo".

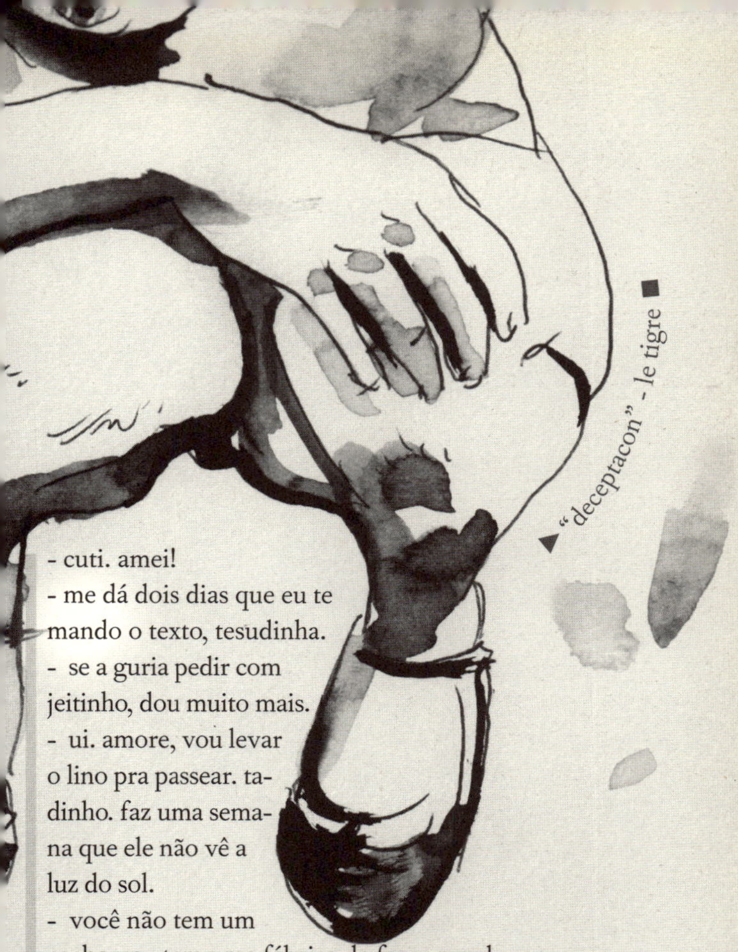

▲ “deceptacon” - le tigre ■

- cuti. amei!
- me dá dois dias que eu te mando o texto, tesudinha.
- se a guria pedir com jeitinho, dou muito mais.
- ui. amore, vou levar o lino pra passear. tadinho. faz uma semana que ele não vê a luz do sol.
- você não tem um cachorro, tem uma fábrica de fazer merda.
- nem me fale. essa ração nova deixa o cocozinho dele com um cheiro ruim da porra.
- hehe.

crise de identidade ou “onde está sua máscara, robin?”

postado por cesar romero

numa época em que estão todos fracassando em seus papéis, ofélia resolveu sair de cena.

- perdendo o rebolado, santinha?
- o rebolado, o cu, o pacote todo, hihi.
- santa piriquita, batman!
- para uns, batman. para outros, barman. simples.
- a casa da mãe joana virou a liga da justiça
e não me avisaram?
- nara, até a mulher maravilha tem
reclamações de você.
- estão distorcendo os fatos.
- só quero saber quem vai
pagar a cervejinha hoje.

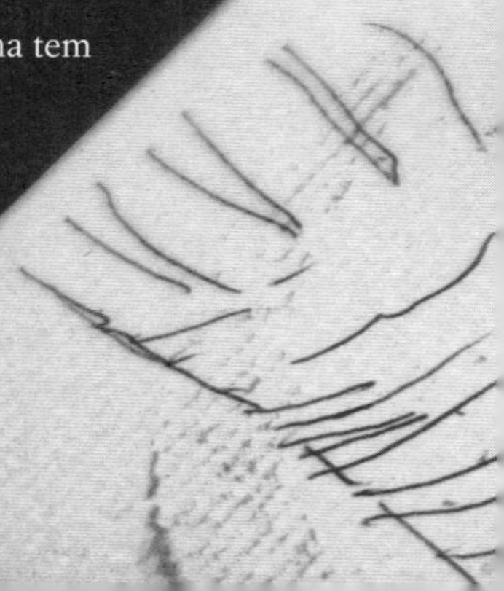

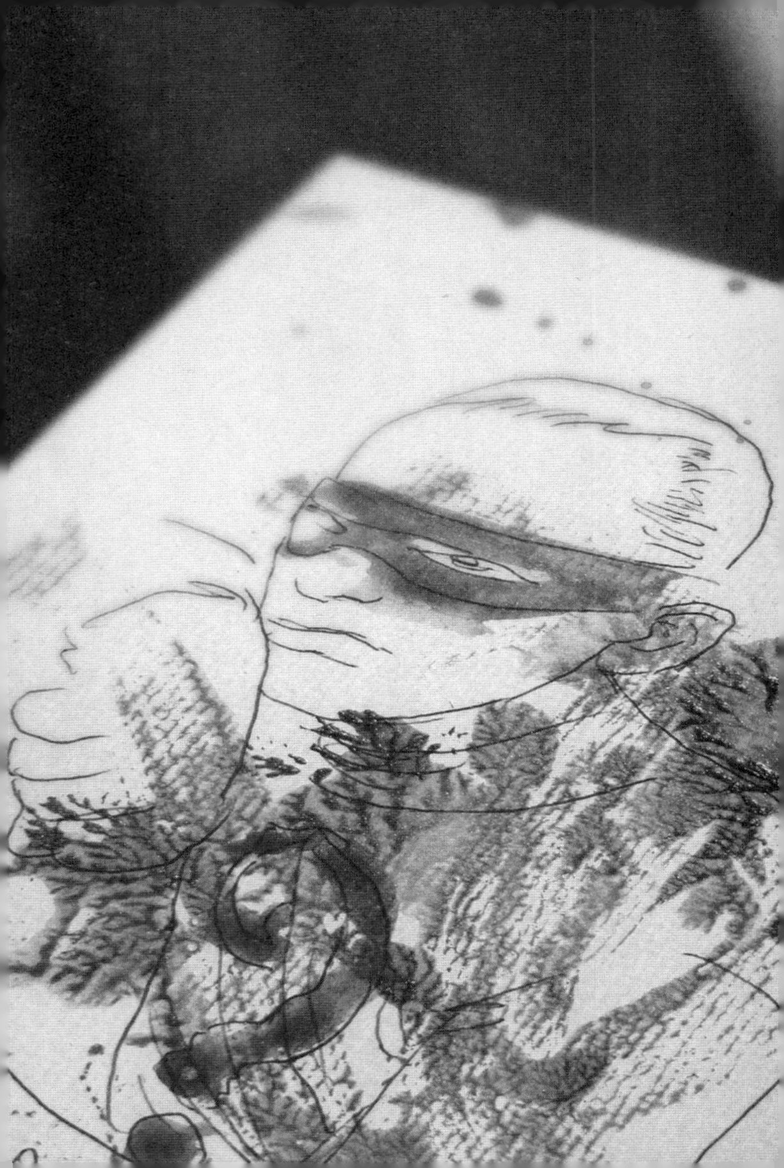

pausa para o cafezinho

postado por necessidade

► *"karkar"*
– boubacar traoré ■

vincent

postado por julia pastrana

amsterdã. 17h15. jonas saiu de lá com a certeza de não existirem esculturas ou pinturas de cristo tão poderosas quanto alguns girassóis.

- amsterdã?!
- na verdade, méxico. mas só na semana que vem. vou lá cobrir a feira do livro em guadalajara.
- virou jornalista agora?
- não. mas passagem e hospedagem de graça, minha filha, faço qualquer coisa!
- tá podendo, hein, nega?
- fiz a lição de casa, gracinha.
- então a cervejinha de hoje à noite será por sua conta.
- ih!

voo livre para acapulco

postado pelo vizinho do andar de cima

.denise do sécul
passado

mexe

síndrome de otherkin

postado por dolores haze

cansada da vidinha besta de temperamento light, denise ia atrás de colesterol alto e uma mexicana que conheceu em outros carnavais. mandou tudo às favas! ándale!
SAYONARA, otários!
ao mesmo tempo em que o vizinho do andar de cima lançava-se em um voo solitário para pousar bem em cima do táxi que ela havia pedido para levá-la ao aeroporto.

mexe

ARRIBA!

voltou ao apartamento. desfez suas malas. ligou pedindo o emprego de volta. não podiam ter contratado ninguém em tão pouco tempo.

contrataram.

talvez o marido e o filho nunca ficassem sabendo de sua quase fuga ou quase vida.

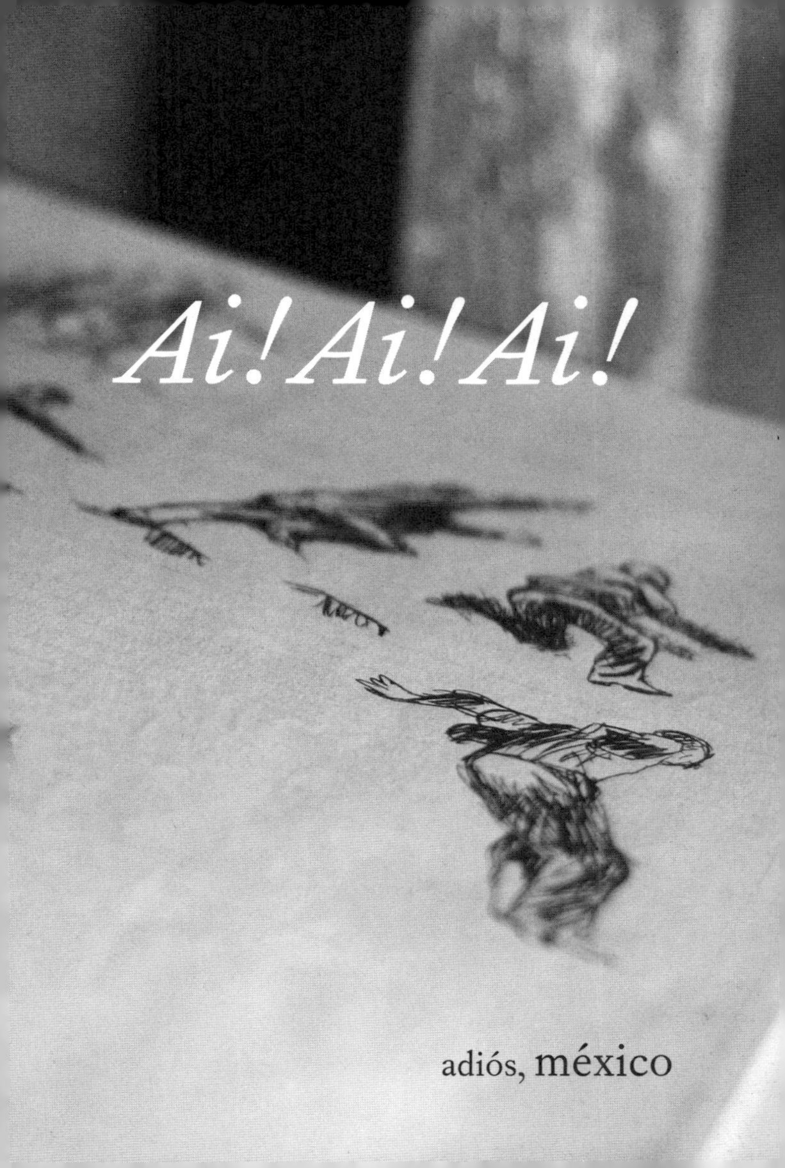
Ai! Ai! Ai!
adiós, méxico

na manhã do dia seguinte:

ao raspar todas as sementes do mamão papaia, marido encontra passagem para acapulco amassada no lixo.

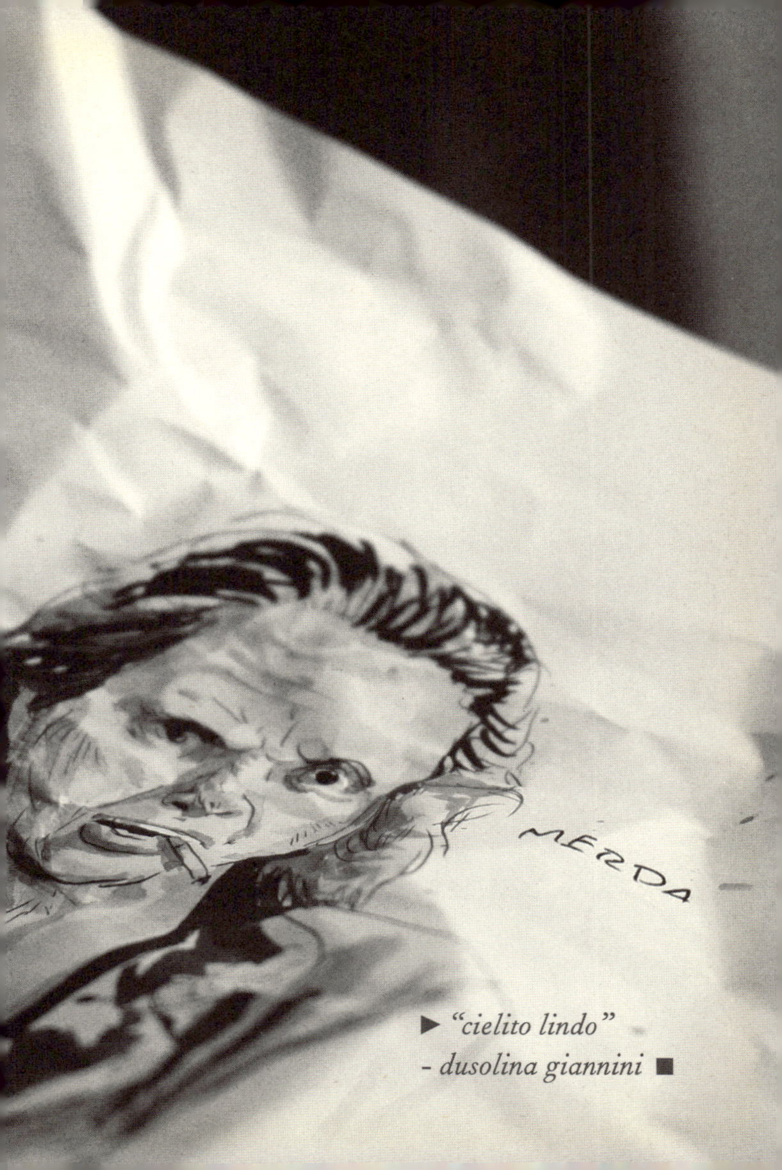

► *"cielito lindo"*
- dusolina giannini ■

dos genes capilares

postado pelo neanderthal, freguês carimbado da clínica de depilação do bairro, em uma citação a jung, ao lado do escritor xico sá no programa café filosófico

- e quando ele diz que "apenas o ignorante desconsidera as condições de sua própria natureza durante todo o tempo", está afirmando que somos uma cambada de animais que só quer saber de furunfar, sodomizar e... fuder. (risos) *não necessariamente nessa ordem. pra quem discordar, existe o boston medical group. segundo um amigo meu, funciona.* (mais risos da plateia)

- fase celibatária?
- pior. muito pior...

participação especial de c. g. jung em
o eu e o inconsciente

PROVA Nº 1

"do assassínio como uma das belas-artes"

postado por pica-pau em *a flor do deserto*

lá na agência todos leram o bestseller: *como ser um filho da puta* - volume 1 e 2. daniel queria se sentir mais próximo, participar das conversas, fazer parte do time. estava lendo thomas de quincey. o biscoito da sorte dizia uma merda qualquer para aquele dia e nenhuma nuvem ousaria correr pelo céu.

BAN

blasé

postado pela mulher de ló

ainda era um fato recente. joana dark side havia descoberto que a lembrança mais forte será sempre amarga. levava o cigarro à boca quase sem perceber que estava fumando.

- suas postagens estão me dando depressão pós-parto.
- ah, deisy...
- vi uma ótima hoje no face sobre o ex-namorado: é como aquela calça que não cabe mais. você guarda achando que um dia vai lhe servir, mas...
- tem outros que servem tanto quanto modess usado.
- jésus...
- tô me segurando pra subir um post: “mauro, o ex-men”.
- har har har
- e as ilustras, hein, minha sirigaitinha?
- calma.
- ah. a editora tá querendo ver alguma coisa. e eu também!
- calma.
- F#D6$*P>!!

▶ *“black room”*
- jun mayuzumi ■

e o eterno jardim da infância - carta aberta

postado por bezerra desmamada em close

ele disse que minhas desculpas estavam vencidas, que arranjasse outras. "querido, você não merece o trabalho", mandou me foder. não contente, publicou fotos minhas, fotos cabeludas, na web. e agora estão achando que eu sou a scarlett johansson.

só não entendi uma coisa: o que aconteceu com o velho esquema, sexo gratuito, amor só com hora marcada? foi você quem me falou dessa merda e agora tá levando tudo pro lado pessoal?! até entendo essa carência afetiva, que todo mundo queira ser visto, adicionado, comentado pelos facebucetas da vida e outros sentimentos infantis, mas, porra. porra... como diria gil brother: "vocês não aguentam cinco minutos de porrada comigo". é a brochada antropológica do caralho!

não é à toa que a venda de vibradores tenha batido recordes. enfim, um foda-se lhe cai bem agora.

quanto a me foder,
bem, lembra da
deisy?

► *"jungle fever"*
- the chakachas ■

pois é, nem tudo se resume à força bruta, chérie. mas suavidade é mesmo uma coisa rara por aqui, não?

estava pensando seriamente em riscá-lo da minha introdução. como se isso significasse alguma coisa, veja você. haha! mas a introdução até que funciona bem, seu merda. por isso, não poderia sair sem dizer (ainda tenho alguma educação), dr. mauro antunes...

{*obrigada,*

► *"sofreguidão"*

de elton medeiros, composta em parceria com cartola, foi gravada pela primeira vez em 1966 no melhor álbum de samba já produzido. um clássico de elton e paulinho de viola. ■

meu idiota.}

entre os caninos de antônio

postado por cieba cypriani

paulo tinha o estranho hábito de rugir enquanto mijava. “sou um animal!”, pensava, enquanto mirava as rodelas de limão. os outros dois que também usavam os mictórios saíram do banheiro do shopping dando risada.

- fodam-se, seus putos - disse enquanto se chacoalhava.

> - você vai no aniversário da solange?
> - pooooutz, tinha me esquecido.
> - você é foda!
> - não rola, mama. vou sair com a outra. sorry.
> - você não vai fazer o desplante de me trocar por uma vadia qualquer, né, meu amor?
> - não. essa é melhor.
> - rsrsrs! fdp

► *"malik" - lafayette afro rock band* ■

o que é teriantropia

postado por le loup garou
servindo-se de chilli com tacos e jalapeña

isabel havia marcado de se encontrar com norman naquele bar com pretensões de pub inglês. como ainda tinha tempo, não teve pressa em sair do banho. a água morna acalmava sua ansiedade. ensaboava os pensamentos líquidos imaginando o final de uma noite devastadora, sem saber onde estaria se metendo ou o que ele meteria nela. por trás daquele olhar de fidelidade canina, norman possuía outros traços animalescos.

► *sheree north e a dança do tigre ao som de kokolo.* ■

êxtase

postado pela madre superiora

ele achava que toda religiosidade é provida de sentimento erótico. ela, que todo erotismo é religioso. mas a verdade era que nenhum dos dois estava a fim de levantar da cama.

quando fumei jean-paul belmondo...

postado pela lagarta azul de alice

... enquanto camille continuava com seus desejos descartáveis. assistia a um filme francês de vez em quando. ela sabia tanto sobre essas coisas e tudo o mais que deixamos escapar na fumaça espessa de nossos cigarros.

► *"black smoke" - tindersticks* ■

deixei o cinzeiro lotado de bitucas

postado por uma nouvelle vague

pessoas simpáticas demais sempre a irritaram. tentar ser agradável em todas as situações a deixava doente. solange cansou das chamadas conveniências. começou a embalar um FODA-SE bem bonito com fitas vermelhas. estava chegando na casa dos trinta. a consciência de que não era mais a jovem serelepe de antes a fulminava. seus amigos arquitetaram a festa de aniversário. aquela noite guardaria muito mais do que simples surpresas.

o dia seguinte

postado por uma fugitiva de sodoma

- você também não foi no aniversário
da solange, né?
- ahh, meu, tava arregaçada.
- parece que deu o maior rebu.
- o que foi dessa vez?
- muita coisa. e a isabel levou o namorado.
- o que tá todo mundo falando?
- esse!
- e a nara deu em cima dele.
- não sei. mas a deisy falou que o
namorado dela é bem estranho...
- todos os caras do mundo são estranhos
pra deisy.
- isso é verdade. só que, pelo que ela
contou, o negócio é feio. o cara tem algum
tipo de doença de pele. sei lá.
- credo, rô... que tipo de doença?
- então, não sei. ela não quis dizer. eles tão
marcando de ir na augusta hoje. vamos?
você vai cair dura.

- sem chance, lindinha. hoje não rola.
a editora tá no meu pé. vou ter que
adiantar as coisas aqui. mas afe,
que história cabeluda essa, hein?
- rs, né?

au au }

canibalismo

o pâncreas de hans staden

seu desespero irresistível ascendendo a uma simetria absoluta e quieta à margem do seu corpo. de algum modo a ignorância a purificava. isabel era a única sobre um mar de merda.

ele a transformaria em sua visão bizantina, perfeita! um pouco pretensioso talvez, mas sentia que ela queria isso tanto quanto ele. enquanto roberto, em algum lugar, cantava as mesmas músicas de sempre.

> - não tem bônus dessa vez? queria tanto ouvir alguma música do rei.
> - sugiro "traumas".

não tolero
música de amor
que não seja
cafona.

participação especial de renato moriconi

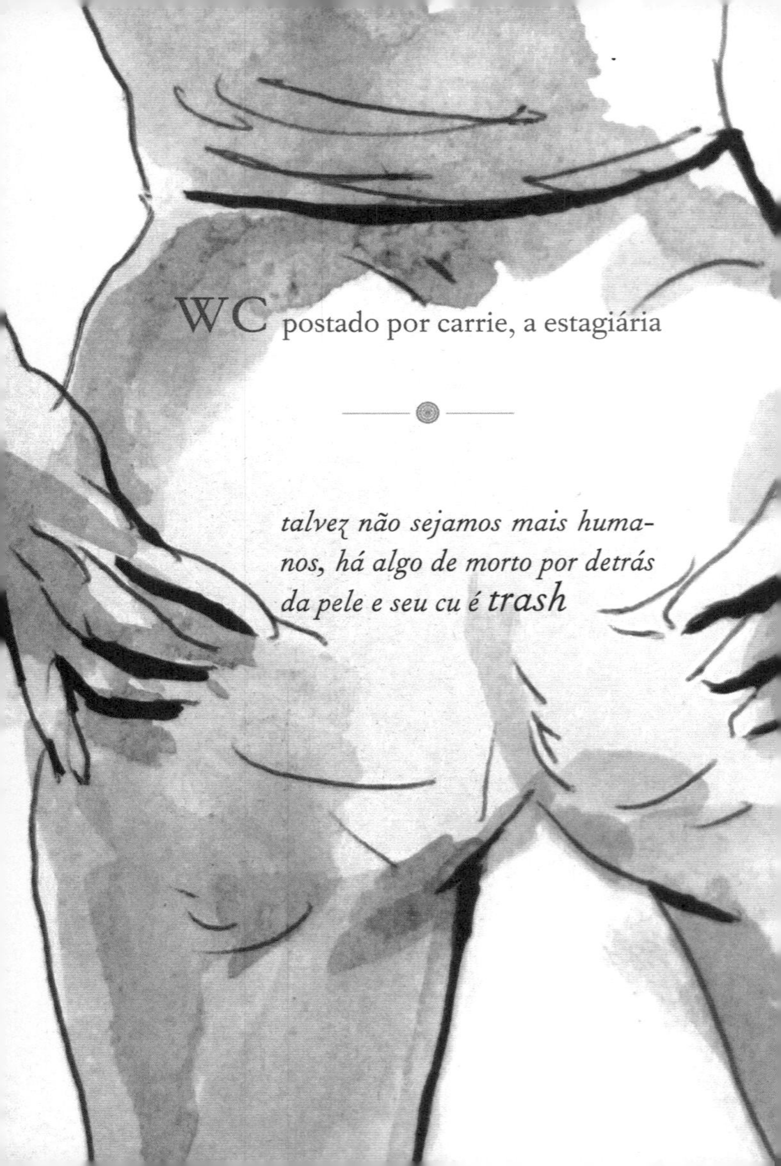

WC postado por carrie, a estagiária

talvez não sejamos mais humanos, há algo de morto por detrás da pele e seu cu é trash

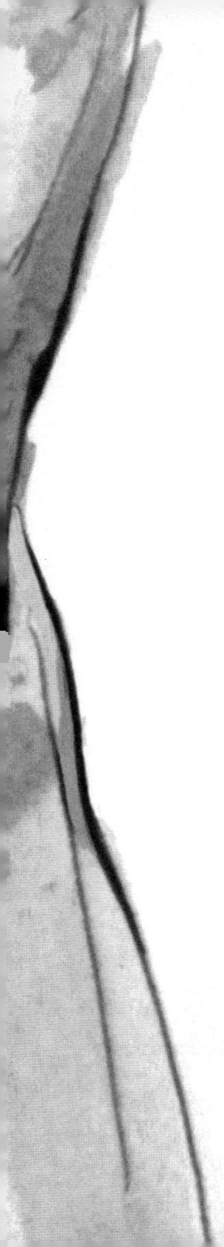

- e sua boceta tem a voz da nina simone
- ai, que lindo... só não lembro dela cantando pra você.
- do meu johnny cash se lembra bem direitinho. hahhaha!!!
- bandida! e nosso livrinho? você tá me enrolando com essa merda!
- cê acha?
- porra.
- essa semana te entrego os rafes.
- whaaaaaaaaaaal, sua linda! cê sabe que eu só pensei em você pra fazer os desenhos, né? não faria esse livro com mais ninguém.
- hm-hmm. sei.
- tesudinha, vou lá passar um café. beijolinhas. e obrigado por existir.
- foda-se
- ui.
- ...

e la nave va

postado por blau-blau (amante de ricochete e fã incondicional de hélio bicudo)

- porra, você sabe tão bem quanto eu que qualquer coisa vira arte, qualquer imbecil se passa por gênio e política séria é roubar milhões.

o pior é que ele acreditava mesmo nisso. cuspiu o chiclete adams sobre aquela terra batida. o clima árido naquela parte do oeste denunciava o fim do mundo. fechou a porta de sua nave intergaláctica e partiu.

a lua estava alta.

▶ *"navajo joe"*
- ennio morricone ■

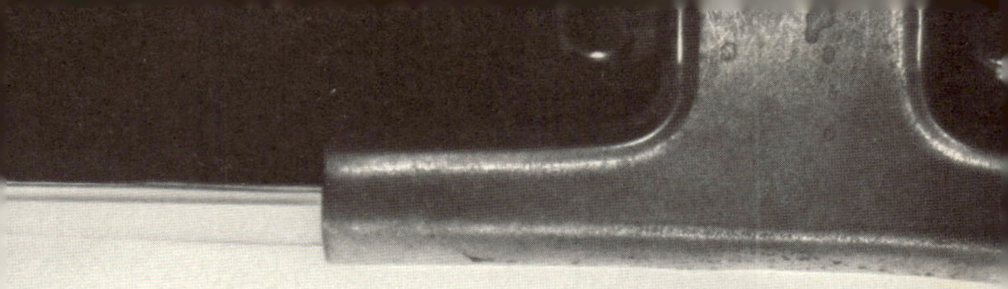

- sociologia de boteco agora?
- o que mais você quer?

da síndrome de stendhal

postado por luther blisset

buenos aires. treze e quarenta e cinco. com piero cannata estampado em sua camisa, o jovem chinês naturalizado brasileiro explicou à repórter que tinha saído à procura do abaporu de tarsila do amaral: “mas eu achei um outro igualmente feio e tinha que destruí-lo”.

- e que tal o méxico?
- dá uma picância na boca. sério. provei uma pimenta desgraçada. meus beiços incharam por três dias. parecia que estava num episódio do chaves.
- falei pra você que a japaleña que servem aqui não é legítima.
- não sei que pimenta era aquela. devia se chamar sonrisa de satanás.

sintomas modulares

postado em uma cabine de fotos 3x4

deisy nesses momentos de apoteose mental.

denise e sua brutal manifestação de impaciência.

isabel perdia cada vez mais a percepção da realidade.

jussara podia ver as feridas espirituais em seus olhos.

e o trompetista do apartamento vizinho tocava foda-se em lá maior.

> - batendo siririca, amor?
> - sim. e não estou pensando em você.
> - oh!
> - sua franguinha.
> - vi que você mudou seu status para solteira.
> - e?

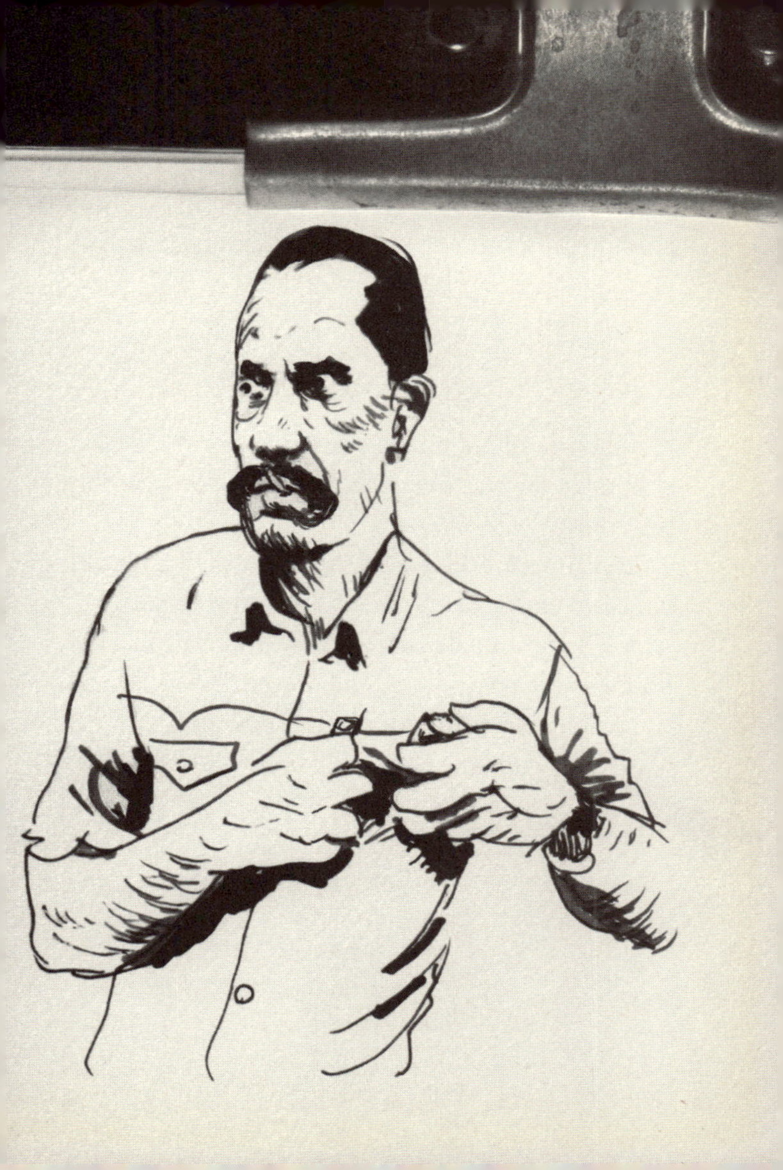

depois de monga, a mulher-macaco

postado por maguila, o gorila na cabine de fotos 3x4

foi cortando as unhas que paulo cogitou a possibilidade de usar uma conduta mais humana dali pra frente.

entre um conhaque e outro, norman descrevia um índice de violência tolerável naquele fim de tarde.

longe da zona de conforto, lívia suava sob o sol do meio-dia como uma puta do centro.

suellen não conseguia pensar em nada.

se juan pudesse, resolveria tudo "é na bala"!

> - tô quase lá.
> - tá foda pra todo mundo, ju. você soube do juan?
> - não. o que foi??
> - vamos sair, vai? preciso beber um olho vermelho.

▸ le sang des bêtes *filme de georges franju* ■

BOOOM

do primitivismo

postado por capitão caverna

paulo fazia tudo nos seus conformes, seguia à risca. deixava que o enganassem a princípio porque acreditava no último lance. socava o bolso e dava risada por trás, sentindo no fundo que isso tudo era groselha. e o que mais seria? mijou no meio da sala na frente de todos os amigos de sua queridíssima esposa. era o começo de uma nova era.

> - o cara tá surtando...
> - e quem não está?
> - mas precisava fazer ceninha, caralho? o desgraçado quase mijou em mim.
> - não mijando na cerveja tá bom.
> - você diz isso porque não estava lá.
> - pelo que fiquei sabendo, isso não foi nada perto do que aconteceu. mas também... dane-se.
> - nossa. voltou animada, hein?

.solange.
antes das revelações bombásticas

.suellen nunca
conseguiu

um último cigarro

postado por souza cruz

acendo. é a noite mais fria do ano e tenho que sair para comprar mais. voltei a fumar depois de cinco anos. uma merda, eu sei. os budistas acreditam que a origem do mal está no desejo, que a negação é a única saída. quatro nobres verdades. eles estão certos. embora o instinto seja uma verdade primordial e a vontade também possa ser esse movimento luxuoso de desafiar a morte de todos os dias. mesmo uma estupidez qualquer, às vezes, traz o sabor da audácia. talvez seja esse o único instante em que os deuses sintam inveja - eles têm que aceitar sua imortalidade. e nós não chegamos até aqui por nada. então permita-se alguns momentos porque é só isso que importa. sabemos que beber em excesso faz mal à saúde, fumar faz mal à saúde, viver em excesso faz mal à saúde; mas quem, afinal, consegue?

fora do ar por tempo indeterminado

postado por sua mãe

Você não sabe nada sobre mim.

sob efeito polaroid

postado por fã de jack kirby
em uma melhora repentina

parou para comprar cigarros na padaria. pediu um café quando a ouviu dizendo que a verdade é subjetiva demais para ser desejada. há um bom tempo a vida vinha perdendo seu significado e de alguma forma isso a fez se sentir bem. era cedo. tinha o dia pela frente. nada do que dissesse mudaria a ordem natural das coisas. e isso não era um problema e aquele pão de queijo de alguma forma parecia perfeito.

► *"cello suite no.1 prelude in g major" - johann sebastian bach, interpretado por dimos goudaroulis* ■

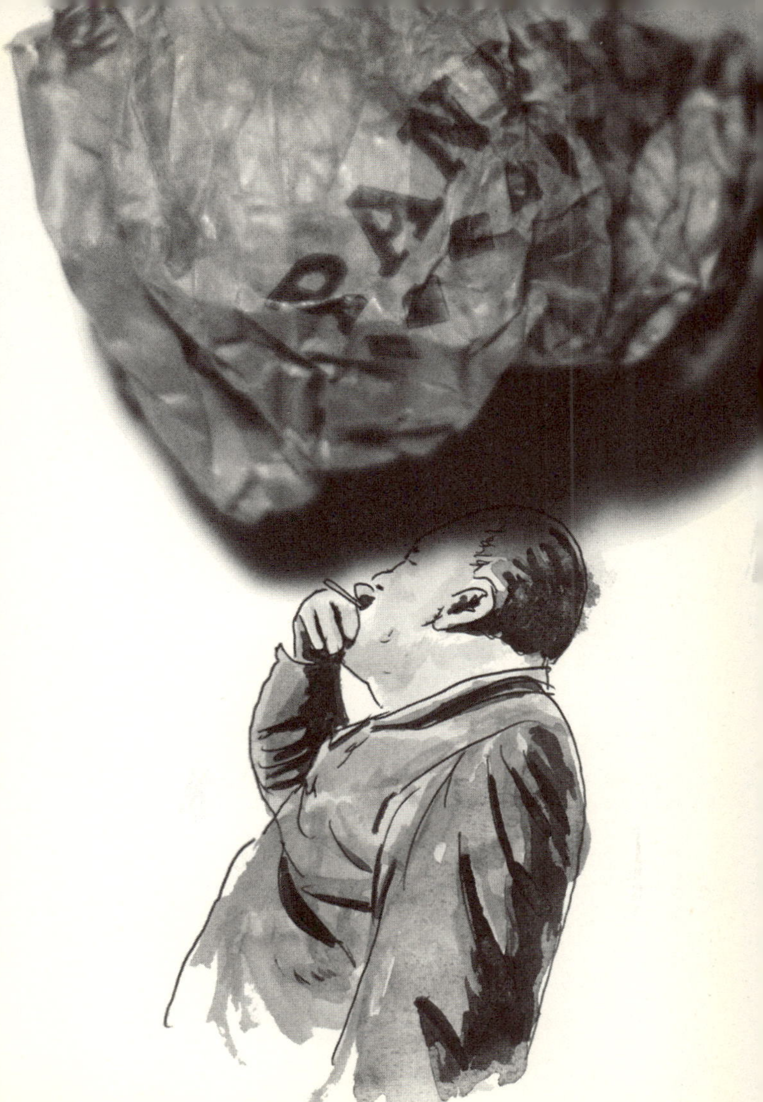

até as coisas fugirem ao controle

segundo golpe de misericórdia

tirem as crianças da sala.

diálogos no interior do automóvel

postado por mister magoo

- quem foi que te falou isso?
- isso muda alguma coisa?
- não, mas quer saber? não tô nem aí. por que você não liga lá pra ele. vai, liga! deve tá aí toda se coçando. liga pra ele e fica com ele todinho pra você. um canalha a mais ou a menos na sua vida não deve fazer a menor diferença.
- como você é idiota, deisy.
- meu bem, se eu quisesse ser chamada de idiota ainda estaria casada, não acha?
- tá, então eu vou ligar pra ele.
- isso. liga, sim. ele vai gostar.
- meu, o que está acontecendo com você?
- esquece.
- tá legal, deisy. acho que a gente já bebeu demais por hoje. é melhor a gente esfriar

a cabeça. amanhã tem o lançamento e tal... bem, eu vou pegar as minhas coisas.

- que maus isso. que maus... PORRA!

- tô saindo.

- é, vai lá. vai, vagabunda. vai lá balançar esse rabinho pra ele, vai.

licantropia - segunda parte

postado por julia pastrana

foi tomando banho no oitavo dia de julho que ela descobriu uma protuberância, um excesso. correu ao espelho. o banheiro inteiro transpirava. tamires viu o que seria um absurdo, peludo e pequeno rabo chacoalhando de suas nádegas.

- hmm, simpático.

► *"let's twist again" - chubby checker* ■

logo após a hibernação do urso-polar

postado por wendy

lívia entrou no banheiro feminino. deixou a bolsa sobre o mármore da pia. uma mulher bem--sucedida, chegando aos quarenta. não tem o hábito de esconder a idade. na verdade, os anos foram motivo de orgulho. fez o que sempre quis. desimpedida de amparos morais, conseguiu se destacar entre homens e mulheres. seu corpo denso, enigmático, sob um rosto moldado em terracota. abaixou levemente a cabeça e inspirou todo o pó de pirlimpimpim.

e da contrição inédita...

postado por harry haller

"só percebemos a verdade quando perdemos"
mauro antunes

apagou o cigarro, estava cansada demais para qualquer coisa. desligou o computador. não escreveria mais nada. era como se deisy estivesse ali, dormindo de bruços. a luz intermitente da televisão tatuando seu corpo. ela se permitia ser linda de vez em quando. zerou o volume da tevê. ficou observando as imagens, deixando que elas completassem algo.

- ....

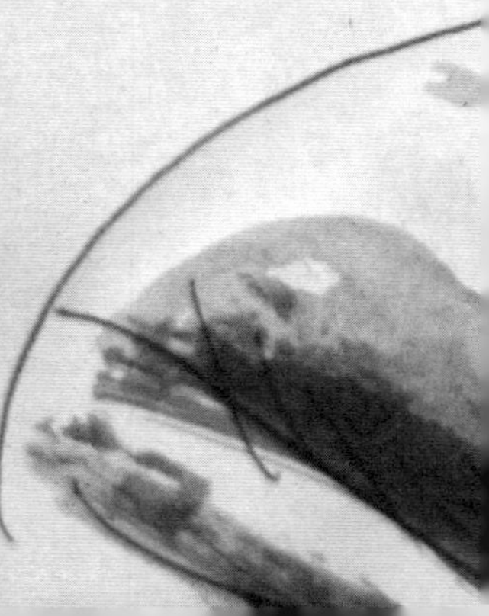

vem a merda feita

postado por unheimlich

da selvagem mulher do tarzan

postado por chita

jane mijava na cara de todos seu humor doentio, nunca suas lágrimas de rímel.

- sempre quis ser a chita.
- seja.

à última carpa

postado por arrigo peludo de carracci

trágico por excelência, procurando as desilusões mais fáceis entre as vidas espalhadas pelos cantos do bar, sob os lençóis encardidos, no cigarro em suas mãos, como se não bastasse, sentindo a irremediável necessidade do ridículo, mauro antunes respirou profundamente e, antes do salto ornamental, disse:

fim da primeira parte

postado com
caligrafia sobre a pele

pode escrever em
meu corpo agora.

tamires e seu tio hipopótamo

postado por sabine baring-gloud

acabei de receber meu livro da editora! ficou lindo, lindo. se isso não é felicidade... perdoem--me o pedantismo e a siririca toda, mas, sabem, é inevitável!!

resenha do livro para você virar freguês:

"por que a pequena tamires insiste em dizer que seu tio é um hipopótamo? teria, tamires, reconhecido sua verdadeira família numa ida ao zoológico em pleno domingo ensolarado? ou o tio fora transformado em hipopótamo pela ex-esposa, feiticeira vodu das boas?

a autora nos surpreende em mais uma de suas histórias impossíveis. com uma narrativa versátil, cria um jogo de perguntas onde uma resposta nunca é o suficiente. saiba todas as 'respostas' ou fique a ver navios, gaivotas e...

hipopótamos!!

numa livraria pertinho de você."

e amanhã...

tem lançamento do livro na livraria cultura!! coisa fina! deisy e eu estaremos lá para a noite de autógrafos. ela que ilustrou "tamires" tão graciosamente, e sem ela essa história não seria possível. deisy mantovani emprega a máxima vida em cada traço que faz (quase um victor frankenstein, rs). seus desenhos fazem carinhos nos olhos, parecem dançar sobre as páginas. e mesmo o livro estando fechado, eles continuam dançando! dançando um bailado mágico, fazendo-nos enxergar o mundo com outras cores e formas, mostrando que nada é, assim, tão difícil.

quando eu crescer, querida deisy, quero ser fodida que nem você.

p.s.: diversão garantida ou seu dinheiro de volta pra mim, hihi!

1 comentário:

Deisy Mantovani disse...

- bobona.

Postar um comentário

Comentar como: Selecionar perfil

Postar comentário Visualizar

sem metáforas

postado pela própria autora

porque você é uma das coisas mais lindas que já me aconteceu.

bulldogma

viver era a única coisa que lhe restava

ahá!

a verdade possui mais tramas que uma calcinha suja

são todas as minhas meninas, peculiaridades cheias de graça, lambuzadas de manga e sabores homoeróticos. perfumadas com o suor do amor da delicadeza de pequenas putinhas ordinárias, não passam de palavras, iscas de uma bucetinha quente, molhada, sorridente enquanto goza, aninhando você nos seios eternos de sophia loren, porque a realidade é sempre outra.

não estamos no filme dos irmãos wachowski, nem somos o inconsciente de algum paspalho prestes a acordar com suas revelações idiotas, estamos distantes de mulholland drive e muito mais próximos do bar da esquina. não sou quem você pensa, nem quero ser john malkovich. apesar de baseado em fatos reais *qualquer semelhança será mera coincidência. chupe um chicabon enquanto isso.*

criava perfis falsos em sites de relacionamento para alimentar terceiras personalidades. nesse âmbito virtual, podia exercer seu lado humano com docilidade. deslizando entre ensaios, baixa literatura e afins, chegou a publicar um livro com os minicontos que arremessava na web e até mesmo alguns títulos infantis sob a alcunha de uma escritora cavernosa. obteve relativo sucesso. contratava sempre uma mulher diferente ("profissionais do amor") para as noites de autógrafos. chegava a entrar na fila para recolher a assinatura de seu heterônimo, apesar de ele mesmo não acreditar em autógrafos. ninguém nunca percebeu a farsa.

na vida "real", um pintor esquecido e sem talento. "antes sem talento algum do que exibir talentos desnecessários", sempre com uma frase no bolso e nenhum centavo, rompeu contrato com a maioria das galerias. moveu um famoso processo na época sob falsa acusação contra um centro cultural importante no métier artístico. promoveu outros tantos escândalos e algumas brigas que lhe saíram caras demais. parecia-lhe que quanto mais elaborada fosse a mentira maior bajulação teria o artista.

pura tapeação e ninguém se dava conta ou fingiam, como todo o resto.

em sua última visita a uma galeria chegou a mijar em uma das instalações, dentro de uma das três bacias com água. como não era hype, cool, fashion e cagado o suficiente, seu happening não foi aceito, sendo delicadamente convidado a se retirar. "se aqueles senhores tivessem servido um vinho de qualidade, nada daquilo teria acontecido", diria em uma entrevista que nunca aconteceu.

meteu o sorriso de pirata e resolveu arriscar no conceitual. só provou constrangimento. sua última obra era um mata-burro. bora em frente.

se era pra fazer parte daquilo, preferia jogar frescobol na praia aos domingos com a sunga tricotada do gabeira. a vida havia se transformado no grande show de horrores finalmente.

mas a pintura era uma foda boa, antiga, dessas que não largam o osso. voltava aos pincéis atrás de uma expressão mais primitiva e essencial em seu trabalho; o mundo andava asséptico demais. precisava degustar um pouco de animalidade, mesmo que para isso, em sua lógica insana, devesse entrar cada vez mais em um mundo de excessos, de selvagerias, ainda que tivesse de encher a cara, foder femeazinhas & cometer atrocidades.

são tempos
selvagens.

numa locadora perto de você:

► *"down bound train" - chuck berry* ■

LOBISOMEM
SEM BARBA
ADVERTÊNCIA: A cópia da obra audiovisual contida neste videocassete - incluindo sua trilha sonora - destina-se exclusivamente à exibição privada e/ou locação para exibição privada, proibida toda e qualquer outra forma de utilização. A violação dos direitos exclusivos do produtor e do distribuidor licenciado sobre a obra audiovisual é crime (Art. 184 do Código Penal).
Fabricado e copiado na VIDEO ZONA AMAZÔNIA S/A

liberte seu tigre interior

texto de apresentação sobre a exposição que se revelaria um fiasco total

"a sensualidade estridente, repleta de excessos, irrompe a película do óleo como se cometesse uma infração ou obscenidade, ponto central em seu trabalho. suas pinturas são um espetáculo de perversão estética e execução sumária. apesar dessa devastação do mau gosto, há, antes de tudo, uma força primitiva que nos comunica diretamente às energias mais baixas. arriscaria dizer que são pinturas para serem vistas com o estômago! o que poderia ser pornografia estéril, é delineada por deformações suntuosas que revelam nossa própria animosidade. frequentemente concebidas como séries, mas dotadas de autonomia e conceito neoexpressionista hype, suas pinturas sabem, finalmente, seduzir"

mauro antunes.

em uma conversa, o pintor disse, irrestrito: "assim como o nome da série, tudo que fiz foi libertar meu tigre interior", para em seguida fazer uma imitação tosca de bruce lee.

► *tema de abertura do filme*
"o dragão chinês" ■

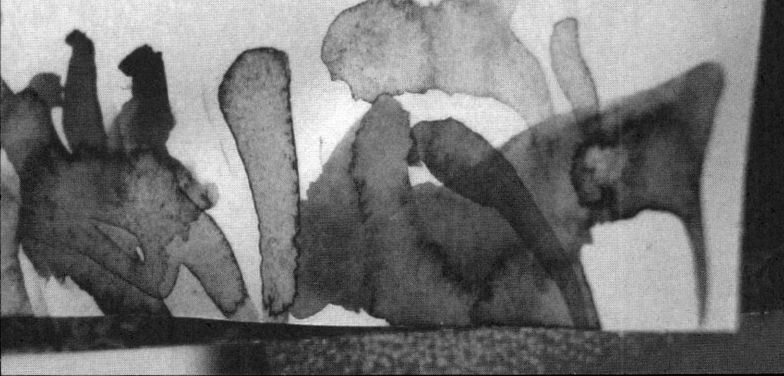

não tolero
mais essa
merda.

o sopro do dragão

resignação espiritual de outra ordem

dois tiros. abafados pelo silenciador. ele continua sentado atrás da mesa, indiferente. não há ninguém pelos corredores. desce pelas escadas direto para a garagem. dá a partida. passa pela cancela. dobra à esquerda. avança três quarteirões. vira novamente. segue em frente inundado pela fria luz da manhã.

o trânsito flui normalmente.

respira.

► *"desafinado" - stan getz & joão gilberto* ■

"todo escravo que
matar seu senhor,
o mata em
legítima defesa."

Luiz Gama
1830-1882

national geographic

no domingo à tarde

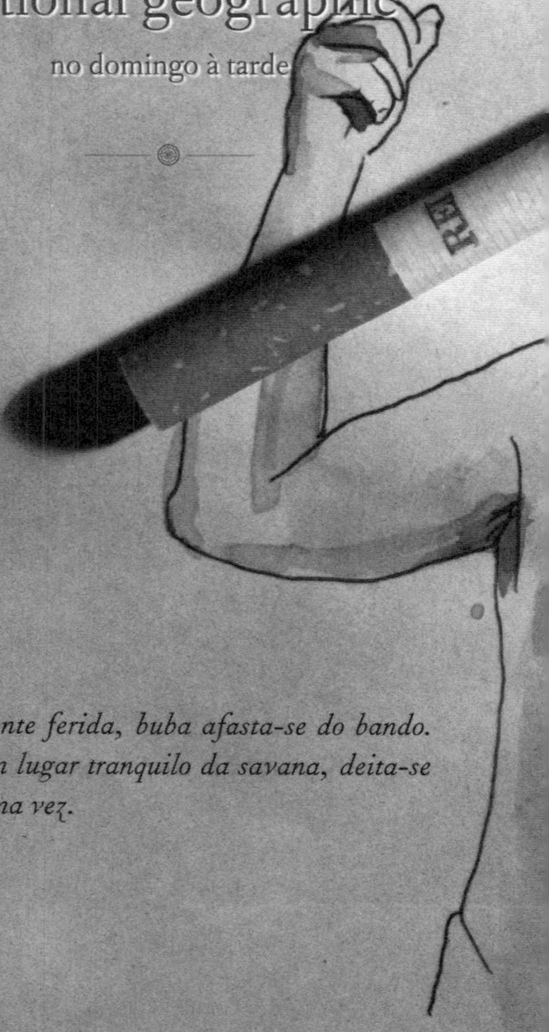

mortalmente ferida, buba afasta-se do bando. em algum lugar tranquilo da savana, deita-se pela última vez.

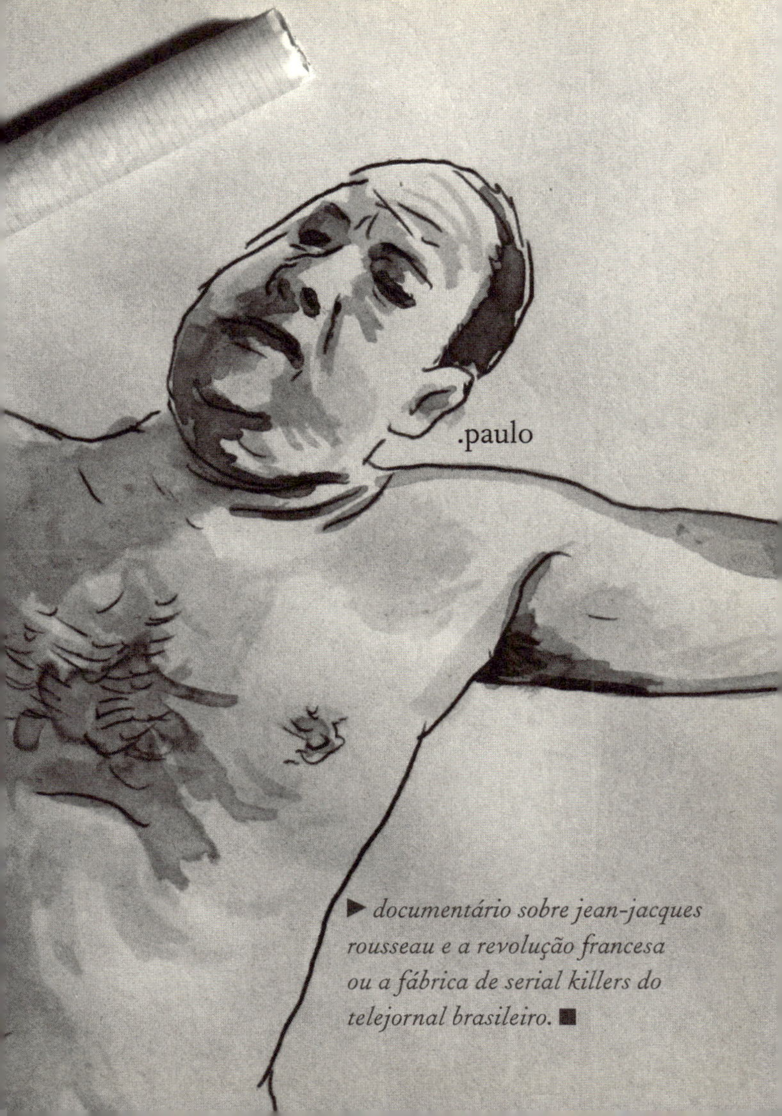

.paulo

▶ *documentário sobre jean-jacques rousseau e a revolução francesa ou a fábrica de serial killers do telejornal brasileiro.* ■

as batatas de van gogh

brevíssima história da arte

ele não fazia três refeições por dia e tudo o mais estava dando errado. mas naquele pequeno flerte percebeu que a arte imitou a vida, a vida imitou a arte. a arte agora paga um pau pra ela mesma e a vida continua sendo fodida como sempre. ventava levemente lá fora.

dogma

e seus efeitos colaterais

conseguiu uma vaga em frente ao escritório. não era um emprego de todo ruim. dava para pagar as contas. já era um bom começo. nem todos eram animais e, levando em consideração os quarenta e dois graus das últimas semanas, tinha ar-condicionado em sua sala. poderia dizer que estava em uma situação confortável. pensou qual seria o cardápio do dia. bateu o cartão às treze em ponto. o sol estava a pino. deu a partida no carro. em pouco tempo, pegava a saída pela régis, a noventa em direção ao sul.

nunca mais foi visto.

► *"the new pollution"*
- beck ■

o homem que era um javali

não fumava cigarros de filtro branco

você não tem grandes ambições, não tem grandes motivos. sua desgraça é a mais imperceptível de todas. tanto eu como você nunca estamos totalmente satisfeitos. existe algo que nos incomoda, que nos irrita amargamente. uma sensibilidade estranha de quem sabe algo de sua própria natureza que seria melhor nunca ter descoberto. e por mais que tente esconder isso, sempre acontece alguma coisa... algo que detona tudo. e então você percebe que tudo voltou ao normal.

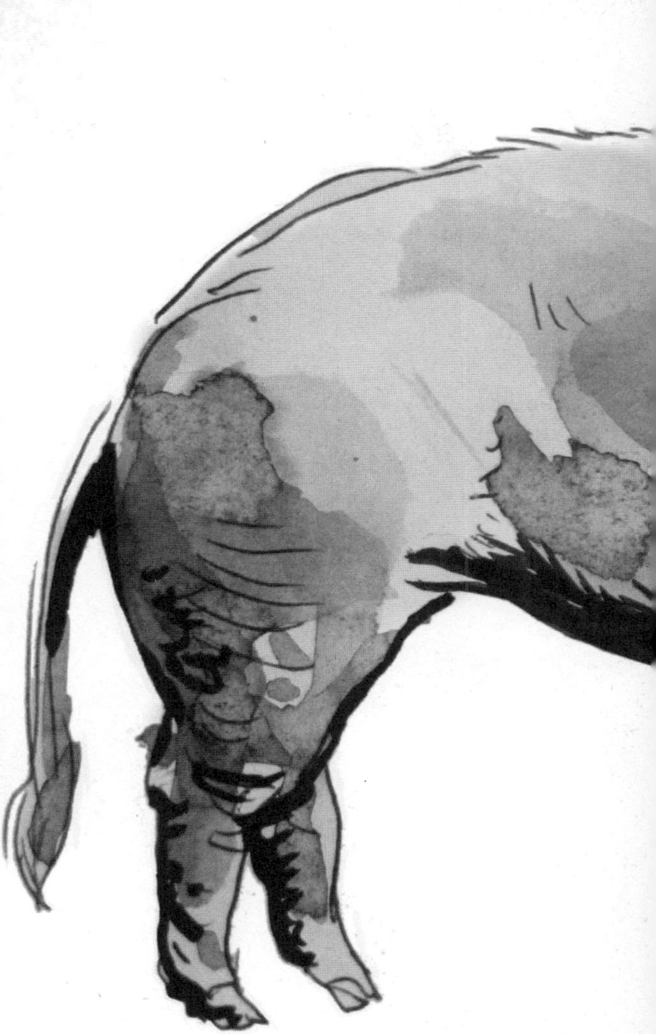

"veja bem,
corrupção
existe em todo
lugar. não
é uma exceção
do judiciário,
é a condição
humana."

participação especial de um excelentíssimo ministro brasileiro

banditismo de bandit

sob os olhos bastardos de hadji

assistindo à reportagem sobre o maior roubo a banco da história do brasil, na hora do almoço, nara ficou imaginando se do jeito que as coisas estavam não era mais atraente levar uma vida de gângster mesmo, toda bonnie e clyde, sem clyde, do que voltar e sentar sobre o próprio rabo o dia inteiro em uma agência hostil e medíocre, e, basicamente, produzir dinheiro para outra pessoa que ainda exige chupadas no saco todos os dias. palitou os dentes. pagou a conta. pisou na merda. tinha dez minutos antes de voltar ao serviço...

e a promessa de um dia cheio pela frente.

o último selvagem

bolando uma goma de mascar sabor menta

sentindo o sol da manhã aquecer seu rosto encarnado, júlio, homem de meia-idade, meio travado, de respiração cansada (excessos demais, ele diria), terminara o expediente. desabotoa o paletó, afrouxa a gravata. o cabelo ralo e grisalho com um pouco de gel, quase vulgar. o eterno cigarro entre os lábios. o olhar calmo de quem não se surpreende mais.

\- *perder é fácil. todo mundo perde. e isso, de certo modo, é reconfortante. é uma verdade fundamental que ninguém admite, mas alivia um pouco saber que você não é o único, nem o primeiro nem o último fracasso. me diz quem é simpático com aquele que ganha mais, que tem mais saliência, o que sai levando todas as vantagens e ainda te mete no rabo? ninguém, porra. a não ser que existam outros interesses por trás, ninguém quer se foder sozinho. pra isso fazem corpo mole e o diabo pra te empurrar pro inferno de onde vieram.*

nunca tive fé na humanidade, convivência pacífica, nem em qualquer uma dessas bobagens.

tira o maço de cigarros do bolso. retira o lacre. bate um e acende.

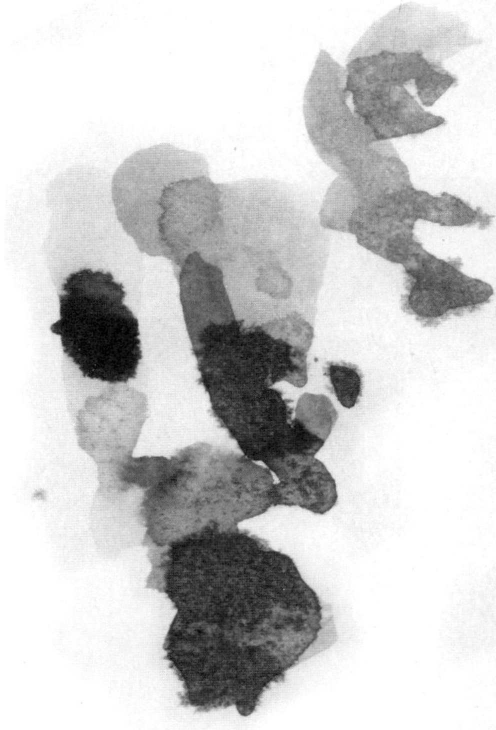

até quando um homem
consegue manter a pose?
ou até quando é
interessante mantê-la?

► *"the bird" - jimmy mcgriff* ■

.júlio, antes da transformação

a mandíbula do diabo

corta para cena do crime

isabel, de apenas onze anos, foi encontrada nua e mutilada nas dependências do prédio. segundo laudo da autópsia, as dilacerações e múltiplas fraturas foram causadas pelo ataque de um animal selvagem de grande porte, descartando a hipótese de crime sexual. a polícia continua investigando o caso.

juan carlos deu um depoimento claro:

- *son todos animales.*
- quem?
- *todos.*

na pele de lon chaney jr.

int. motel - noite

então minha pele tomou nova consistência, dura como um couro, meus poros dilataram, e sobre todo o meu corpo, essa penugem grossa, escura, meus dedos se retraíram, anunciando a câimbra infernal de todo músculo, intenso odor da carne, deus, como queimava... meu pau parecia explodir, meus olhos, minha língua inchada, cada mucosa como se rasgando nessa vibração desgraçada, não parecia mais humano.

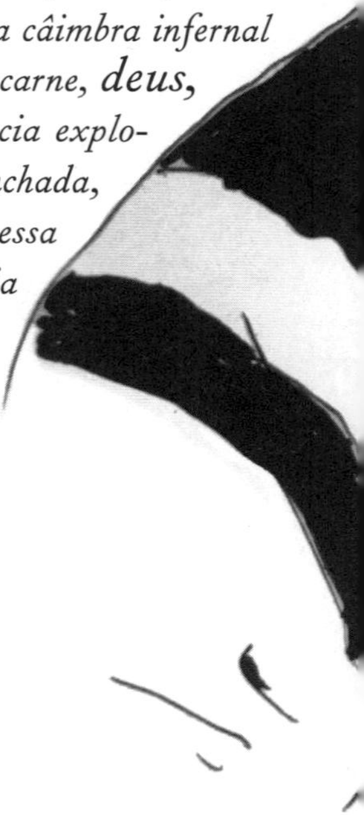

bateram à porta.
era ela.
era o último tango em paris.
era deisy.

- entre!

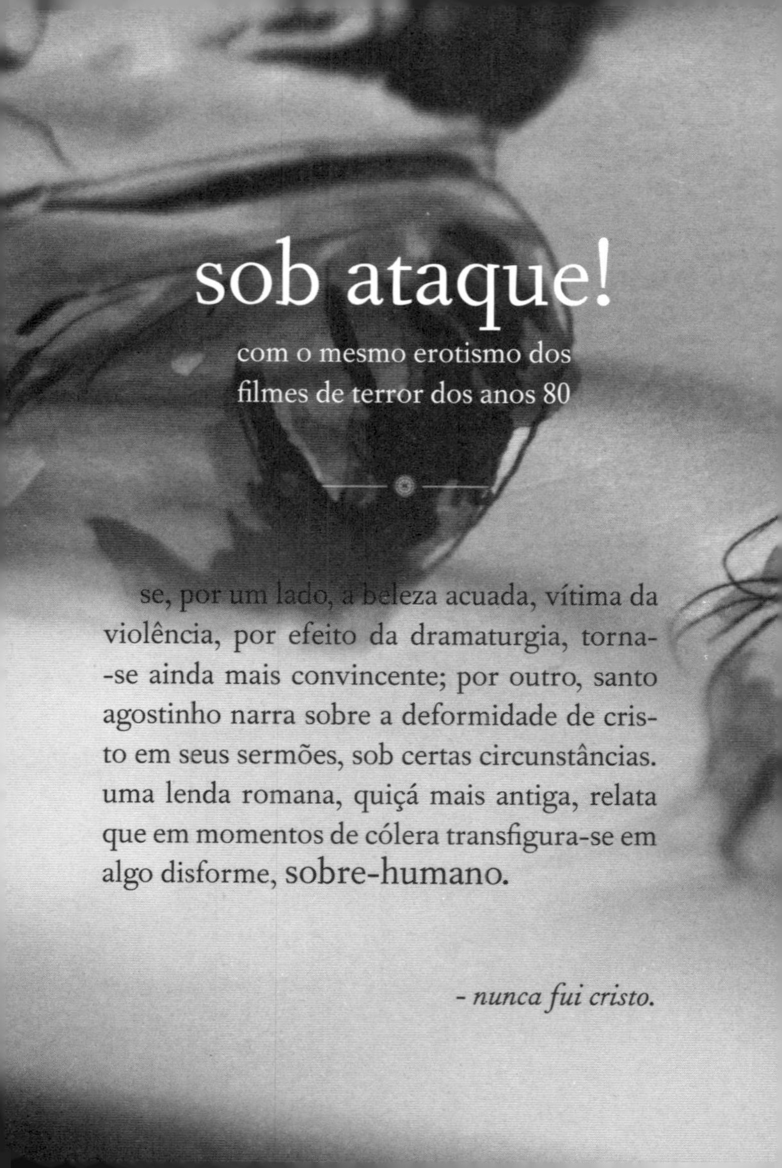

sob ataque!

com o mesmo erotismo dos filmes de terror dos anos 80

se, por um lado, a beleza acuada, vítima da violência, por efeito da dramaturgia, torna-se ainda mais convincente; por outro, santo agostinho narra sobre a deformidade de cristo em seus sermões, sob certas circunstâncias. uma lenda romana, quiçá mais antiga, relata que em momentos de cólera transfigura-se em algo disforme, sobre-humano.

- nunca fui cristo.

era um cão sem dono
sobre a terra quente

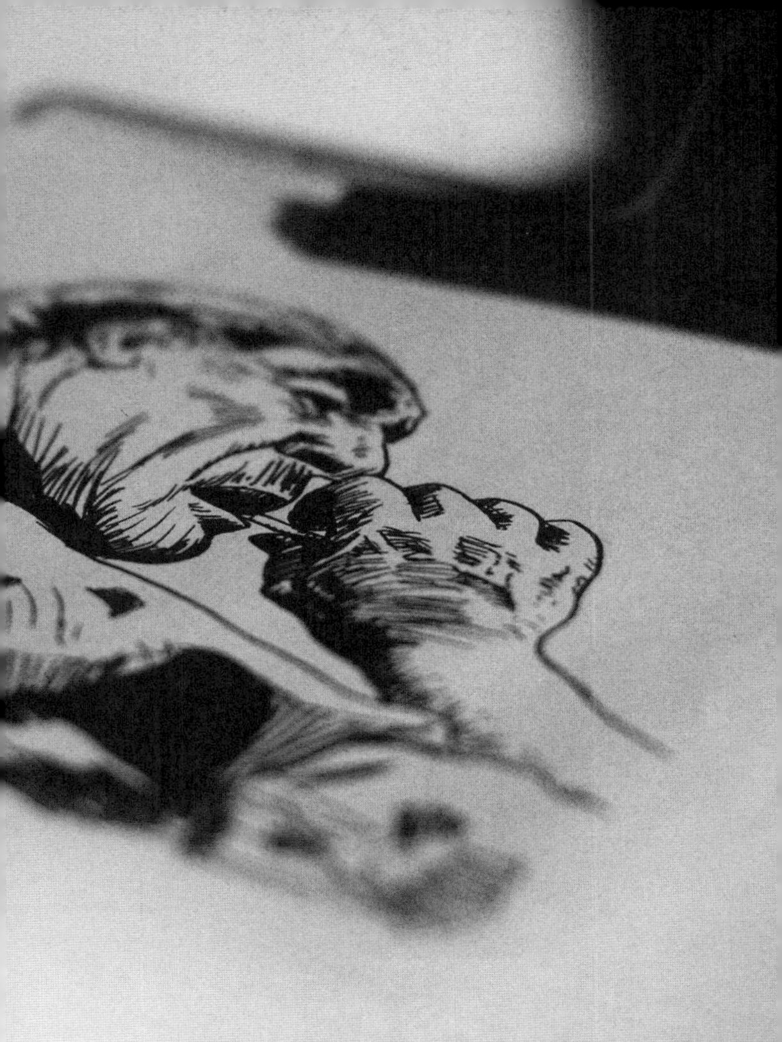

► *"paris, texas" - ry cooder* ■

assim como deisy também queimava...

revelando uma natureza infernal quando metia.

▶ *"ring of fire" - johnny cash* ■

bulldogma

em doses nervosas

quando você sabe do que é feita a humanidade, toda complacência e misericórdia viram coisas difíceis de se engolir, e acaba percebendo que é muito mais difícil suportar a si mesmo do que suportar os outros. os outros mandamos à merda. simples. mas quando a bomba cai em nossas mãos, ela simplesmente...

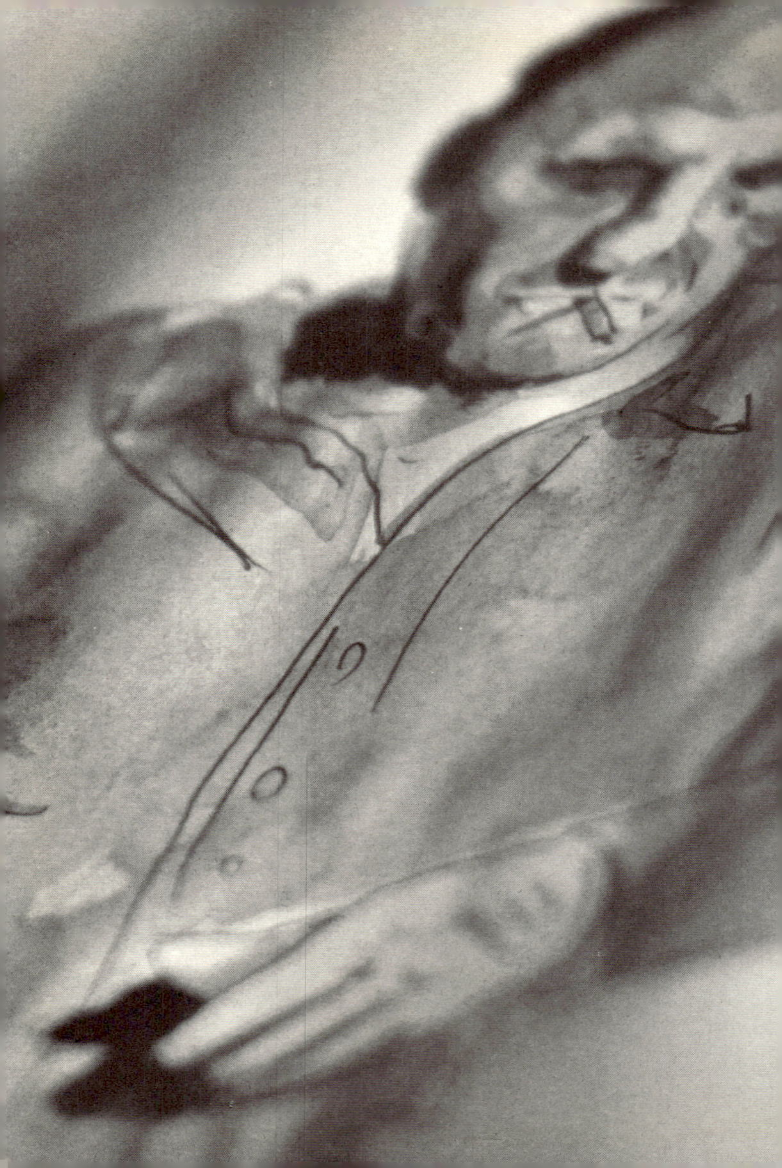

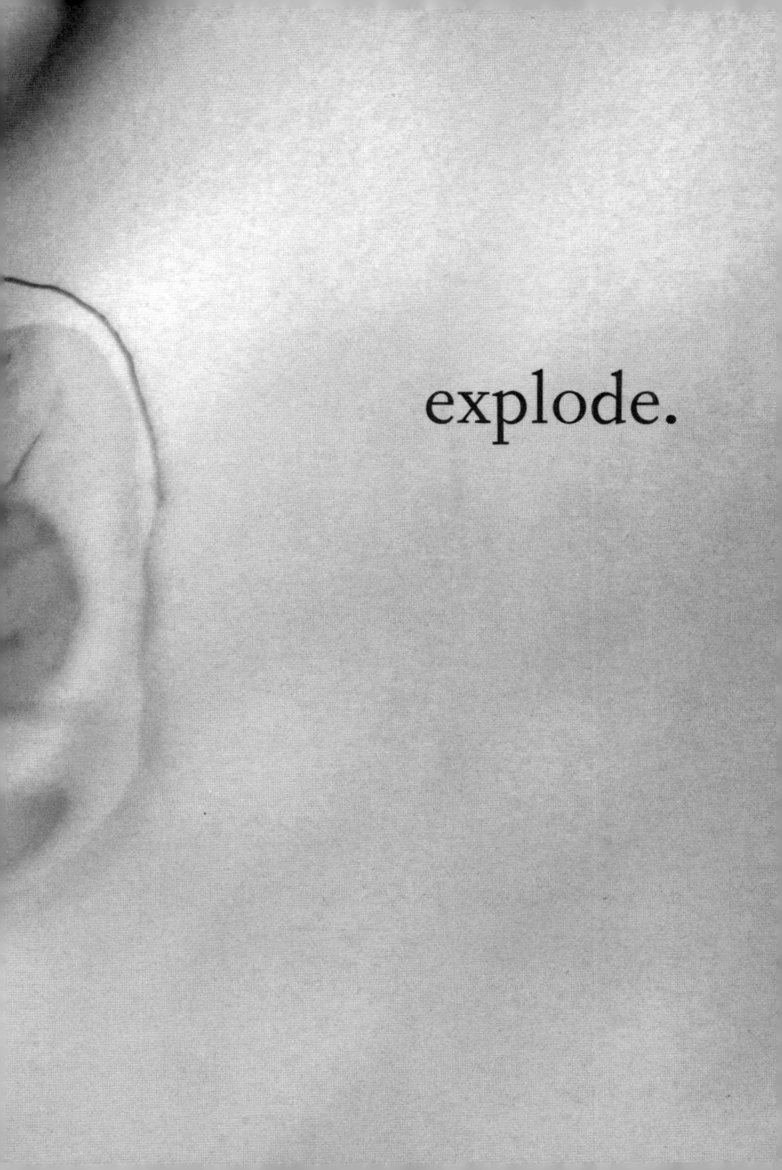

explode.

ou quem sabe...

amanhã seja um dia melhor.

► *"far away" - josé gonzález* ■

notas de uma sobrerrealidade

seu caráter indócil

anotações de mr. hyde

não são os fatos supostamente reais da narrativa que interessam, mas a imagem que as palavras condensam. esse substrato de cada unidade de texto como uma espécie de adjetivo visual que se mantém pulsando na mente, mesmo depois da página virada, transporta o leitor para um outro lugar muito menos passivo, nem sempre através de uma associação direta ao que estava escrito, justamente por precisar que ele componha as imagens de acordo com repertório particular. é esse caráter pessoal que torna a literatura tão persuasiva e perigosa quando da extremidade da espinha dorsal...

balança um rabo enorme.

► *"the castle" - philip glass & the kronos quartet* ■

pelas barbas de lázaro

mais uma exposição "paga"
na tentativa de se reerguer

"assim como lázaro, a pintura também enfrenta mortes e renascimentos durante todo o seu processo. é através das sobreposições em busca de uma imagem que escapa dos resíduos das camadas retiradas que se configura o rosto desse lázaro em decomposição. o que deveria ser horrível, no entanto, transformou-se em algo sublime, um milagre cristão, ou, como diria a crítica, o primeiro crème de la crème da performance. o show de horrores bíblico poderia dizer algo sobre a natureza humana. e diz. pela saliva dos vira-latas sobre as feridas expostas, atravessa a putrefação da carne e a morbidez na ausência da cor de uma literatura fascinante: esse paradoxo de repulsa e admiração, uma máxima trash, a tonalidade ideal talvez seja esta, um lázaro cambiante, tentando achar a forma que traduz imaterialidade em vida"

mauro antunes.

o texto da exposição servia bem como antepasto de bosta. sua pintura estava morta como o cocô do bezerro em formol de damien. nem mesmo a "caninha 51" de ferreira gullar segurava. devemos atribuir algum significado a tal insistência? não. claro que não. o que ninguém sabia era que lázaro, o legítimo dos versos sagrados, ao ressurgir dos mortos ganhara um bônus de vida eterna (vide highlander). ninguém morre duas vezes. e o próprio, em carne e osso, compareceu ao vernissage. atravessava dois mil anos com uma heineken na mão e...

sob os olhares atentos de rui resende

uma fragilidade emocional intensa

ela tentava lembrar onde havia deixado o carro. não havia muita luz no estacionamento. levemente alcoolizada, estava farta de tudo e de todos. não via a hora de mandar tudo à...

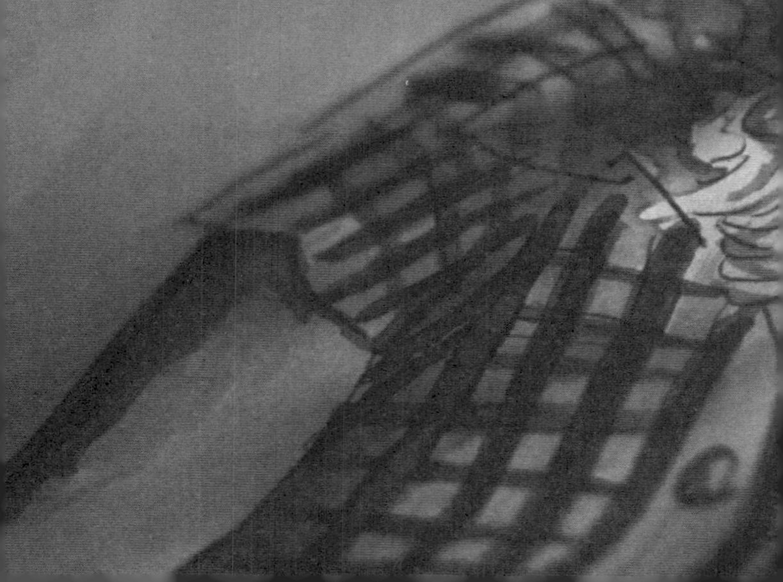

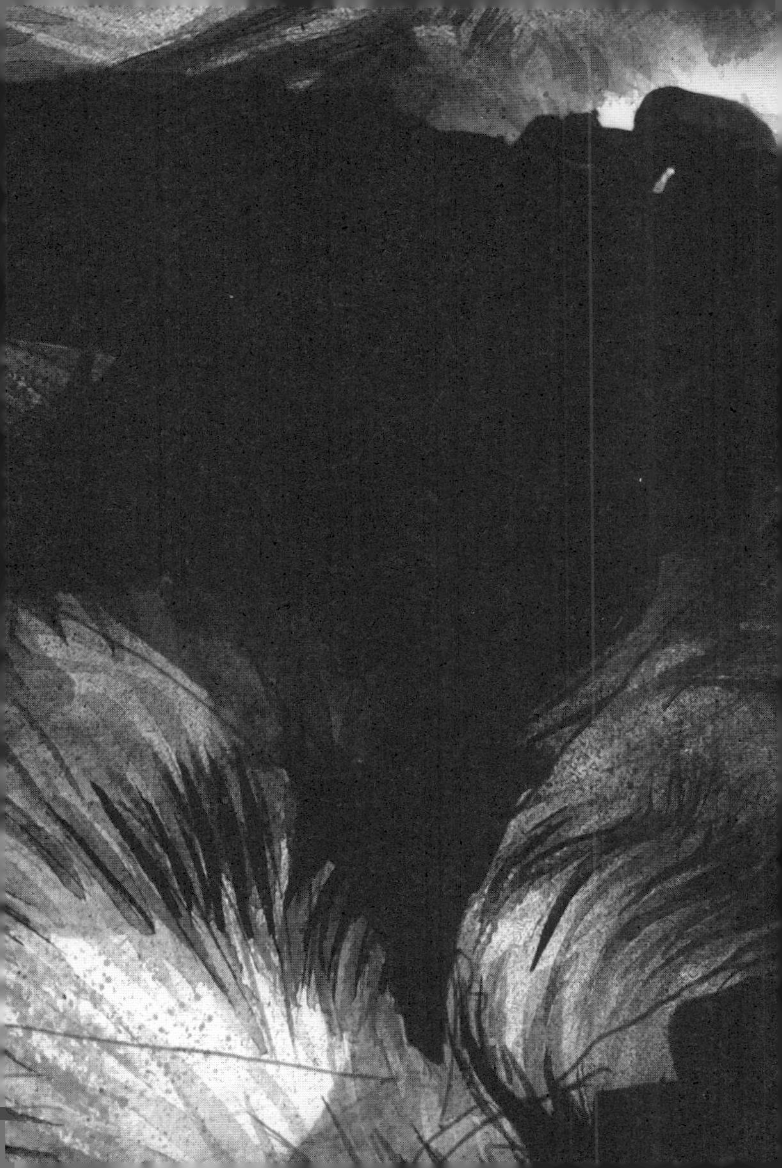

alguém ou alguma coisa a observava.

subterrâneo - versão brasileira rabbit rischers

parte 1

e todos ali buscavam respostas fáceis. não questionavam a legitimidade de nada nem mesmo de suas próprias vontades. seria tudo tão insignificantemente vaidoso? tamires costurava alguns desses pensamentos observando sem grande interesse cada um dos passageiros em sua volta pra casa. havia sintonizado “la noyée” no iphone quando uma lebre gigante parou sobre os trilhos descarrilando o trem no fim de tarde de um mês de outono.

“que que há, velhinho?” }

movido a texas burguer y sangre de toro

no vigésimo andar

hambúrguer regado a vinho barato e nada para se ver na televisão. o que mais podia querer? paulo ligou imediatamente para a ex-esposa. por sorte, caiu na caixa postal. o jeito foi voltar ao jogo. um time inteiro perdia de dois a zero. ele sozinho tinha uma coleção de derrotas intermináveis.

enchia mais um copo de vinho quando ouviu o estrondo vindo da cozinha. achou melhor ir dar uma olhada.

parecia um episódio de tom & jerry, tudo de pernas pro ar. havia um leve odor de carniça.

- que merda...

abaixou para apanhar a frigideira quando viu a penugem eriçada de uma raposa selvagem e seu olhar chamuscante de ódio.

► *"surround me with your love"* - 3-11 Porter ■

das vontades nucleares

realismo fantástico

vestindo pele de cobra e emoções equilibradas, não conhecia mais remorso ou compaixão. as coisas simplesmente existiam.

faltavam dez pras seis. sabia exatamente o que tinha de ser feito. deu o último gole da cerveja, jogou um torresmo na boca e saiu. não chovia forte. subiu no ônibus.

uma hora depois, desceu no bairro.

entrou na casa.

deu dois tiros. um em cada peito.

de vez em quando podia ouvir o motor da geladeira estancar.

quando a viatura chegou, já era tarde.

sua pele emitia a luminescência de
mil watts.

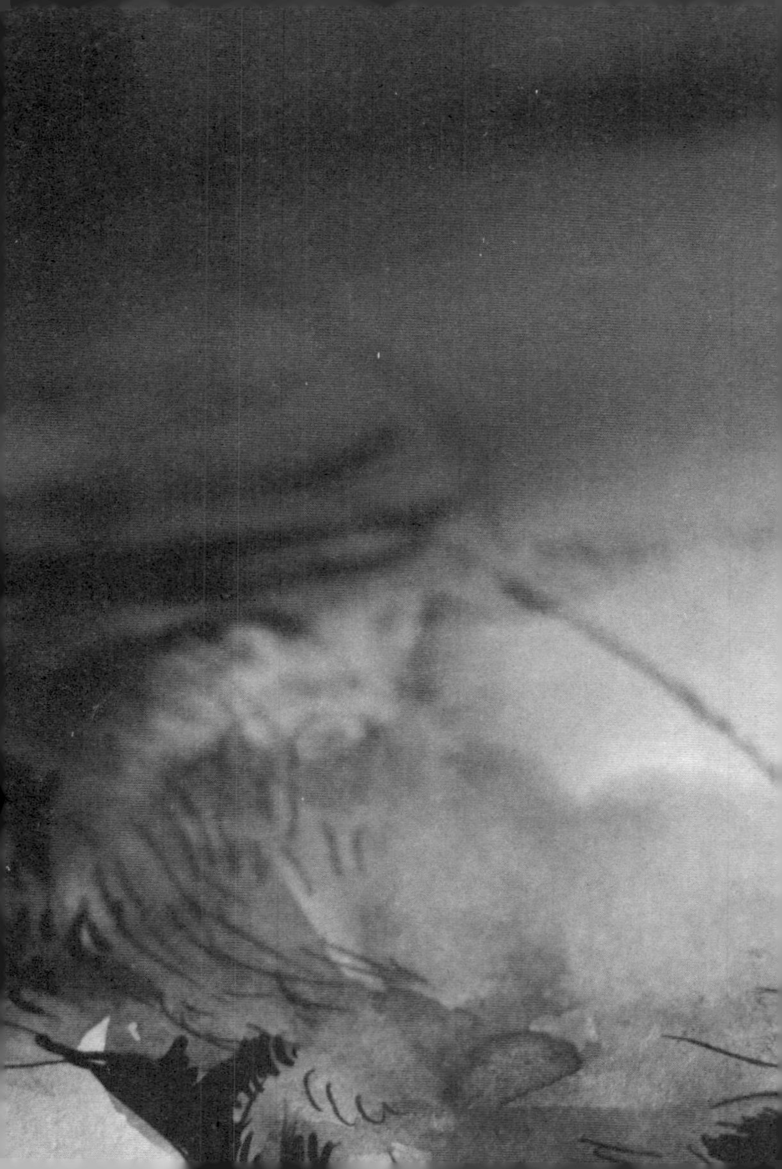

megalomaníacos

massa disforme

em outra parte do mundo, nara utamaro tentou achar uma maneira elegante de sair da situação. tudo o que conseguiu foi fazer um estrago ainda maior. mas quem realmente se importava? os egos estavam inflados demais aquela noite para perceberem coisa alguma.

e inflaram.

inflaram como a obra máxima de katsuhiro otomo no corpo volátil de tetsuo.

delirium tremens

"quem está escondido no túmulo de grant?"

ele chegou do mercado com o almoço pronto: uma lata de sardinhas coqueiro. leu a tabela nutricional como se isso fosse mudar alguma coisa. demorou para encontrar o abridor. haviam dois dedos ao próprio suco com óleo comestível no lugar das sardinhas. precisava das proteínas. ômega 3 era apenas um luxo. comeu rezando e com dúvida se cometia, assim, algum pecado.

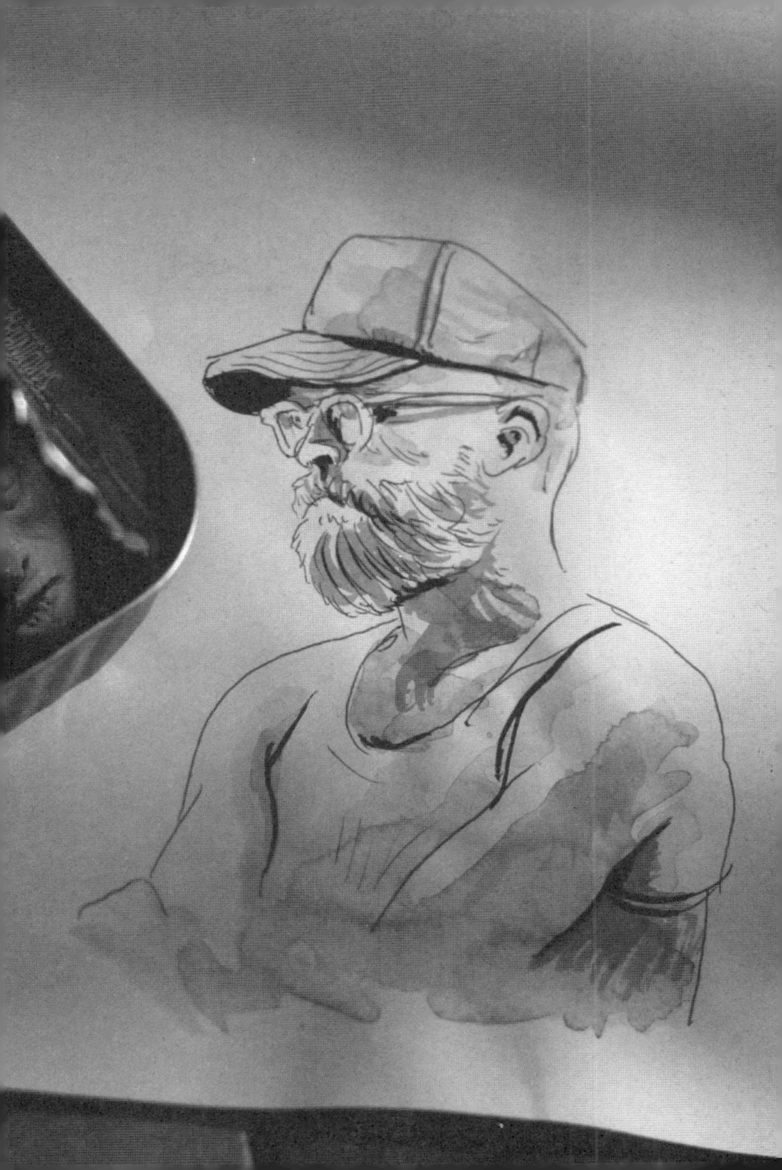

sushi
com mostarda
dijon
桂月

alguns nomes do passado flutuavam furtivamente sobre a mesa. onde estavam? o que estariam fazendo? curiosamente percebeu que seu passado tinha cor de mostarda. denise já tinha feito muita merda nessa vida e **não se aguentava mais.** queria outras possibilidades. deixou o drinque sobre a mesa. foi ao banheiro. estava quente aquela noite. ao terminar, esfregava fortemente o ânus com papel higiênico quando percebeu manchas vermelhas por todo o corpo. não havia notado mas estava se coçando há meia hora e sua pele, já visivelmente irritada, ardia, até irromper em pequenos pontos de sangue e a rasgar com mil crustáceos.

boa e velha síndrome de otherkin.

complexo de identidade wally gator

quando lívia chegou àquele lobby de pequenos interesses e valores altos, pesou a atmosfera, mediu as palavras e, cheia de classe, mandou todos à fina merda. terminou seu cabernet sauvignon. ajeitou delicadamente uma mecha dourada atrás da orelha e saiu sem dar maiores satisfações. “estou em forma”, pensou. ainda que escamas ganoides lhe cobrissem o corpo.

síndrome de stendhal

complexo de identidade forjado em bronze

existem certas esculturas que nos convidam a tocá-las, acariciá-las mesmo, como se fossem uma menina safada. não é o caso ali. muito pelo contrário. mantém-se uma certa distância cautelosa porque em cada contorção metálica de suas esculturas sente-se a presença física da morte. a textura aparentemente porosa do bronze desgastado desfere uma gravidade maior capaz de subjulgar seus espectadores. talvez seja o processo da textura, a abstração de suas falhas, isso que nos prende o olhar. sua escultura é esmagadora. e é assim que ela me convence de sua arte.

faltavam alguns minutos para fecharem o museu. quis voltar e observar uma última vez aquela escultura, a mais medonha de todas. talvez, por isso mesmo, a mais interessante.

ouviu um rugido metálico e a figura disforme
proferiu as palavras de bronze:

você só não me convenceu na cama

tauromaquia

de si mesmo

algo tão intenso quanto o boi esfolado de rembrandt, que nos seja inevitável atração pela obra de arte ainda que indigesta, ainda que por excesso de vaidade e culpa. ele sabia que enfrentando uma representação suficientemente plástica, reconheceríamos nossa própria monstruosidade. queria a ressurreição sobre a inocência de um minotauro morto.

devorou o cérebro de isabel.

registrou tudo em sua web cam.

1.065.543 acessos.

baseado em fatos reais.

{ código de realidade aumentada
www.youtube.com/watch?v=mSgH0Av4qpI&NR=1

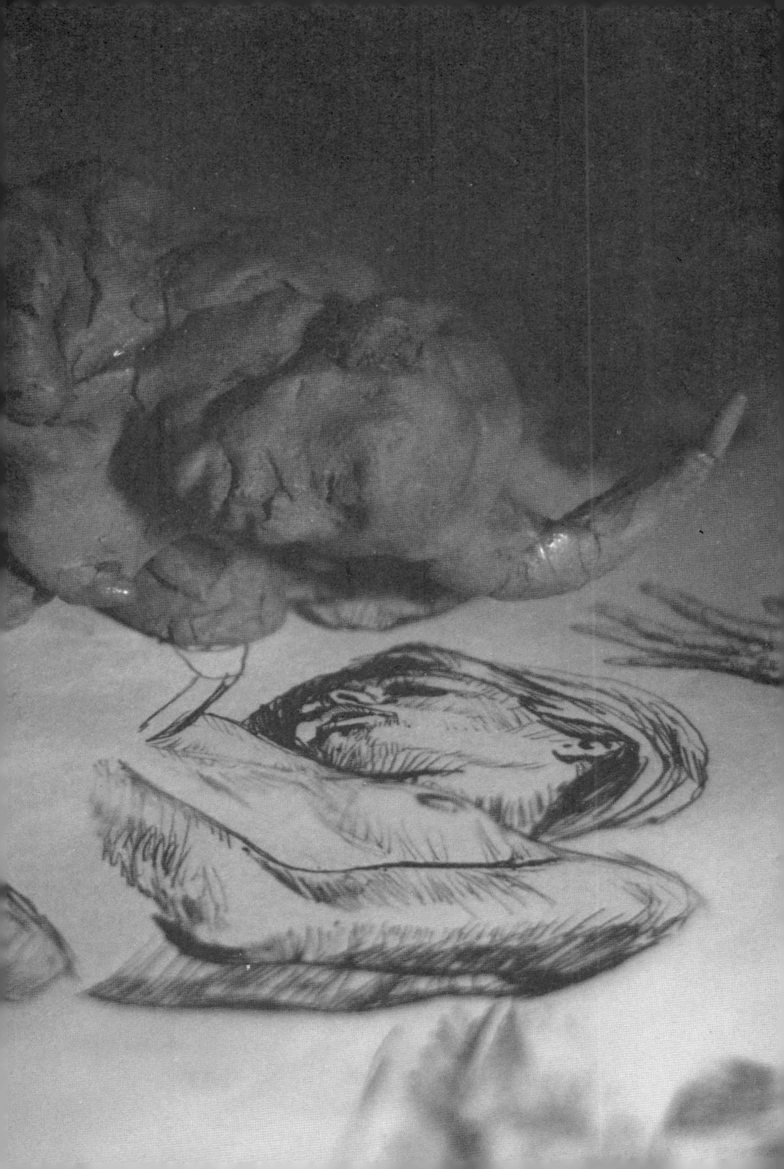

última síndrome de otherkin

complexo de identidade alienígena

pipocas sabor cheddar estouravam no micro--ondas quando o frio correu sua espinha ao ver no jornal um rosto conhecido de um outro passado, uma outra vida, bem diferente daquela que acabou vestindo. talvez sua pele estivesse gasta. solange tentou lembrar quantas vidas já teve. lavou as mãos e saiu. garoava.

as aparências nunca a enganaram

o trompete do diabo

uma tarde de jazz chovendo com calma. tamires selecionava alguns clássicos para seu ipod shuffle 2gb. sustentava um certo ar de inteligência. influenciada pela trilha, talvez? não obstante, refletia sobre a malfadada condição humana: como alguém tão bonito e angelical como chet baker podia acabar tão feio e demoníaco como chet baker e em tão pouco tempo?

► *"my funny valentine" - chet baker. óbvio, não?* ■

de emoções líquidas

sob efeito polaroid

dito e feito. suellen entregou seu amor ao primeiro vinho barato que apareceu pela frente. deu meia-volta e saiu. garoava. acendeu um cigarro. sentia-se bem depois de muito tempo, enquanto um cardume de tilápias dobrava a esquina.

► *"april in paris"* - *charlie parker* ■

madrugada dos lobos

antonieta gonzáles de lavínia
era uma cadela quente

camille adorava saquê, tinha hemorroidas, leu bukowski, e como tal sustentava aquela pose anfíbia de quem sabia algo mais sobre a vida do que os simples mortais, e nada, absolutamente nada era capaz de surpreendê-la. nem mesmo o imenso clarão sobrenatural à sua janela às três da madrugada. levantou para ver. havia um homem andando nu em pelo, na frente do prédio, com a tranquilidade de quem vai à padaria 24 horas em busca de cigarros ou mortadela. começou a irradiar mil watts novamente. ela fechou a cortina. assistia ao taxi driver pela segunda vez.

réplica perfeita de jesús fajardo

o primeiro encontro

norman entrou na padaria pedindo um suco de melão e misto-quente. demorou um pouco para a atendente sacar o pedido. constrangimento alheio e curiosidade tomavam a todos. estava ali o garoto saído de um filme de sessão da tarde. “michael j. fox” coberto por essa longa lanugem, lindas madeixas gisele bündchen, anomalia chamada hipertricose ou simplesmente “síndrome do lobisomem”. infelizmente sem a típica jaqueta americana.

a mocinha do balcão trouxe seu pedido sem saber se o fitava diretamente. isabel ficou imaginando como seria sensação ao toque. ela sempre gostou de homens barbados...

terminou seu café. deixou as moedas sobre a mesa. quando passou por ele, esboçou-lhe um pequeno sorriso. como não sabia mesmo o que dizer, continuou andando.

alguém lá fora buzinava incessantemente.

▸ "greenfields"
- the brothers four ■

síndrome do gatilho da hiperidrose

patologias

autocompaixão é o prazer intestinal da derrota. tudo se destrói ao contato da pele transformando-se em memórias. esse rei midas antagônico barganha com o diabo por um pouco de felicidade. tudo que consegue é esse inferno hipocondríaco.

uma vida de escolhas erradas e nenhuma perspectiva à frente. resmungava a si mesmo até sentir a boca salgada, as mãos suarem excessivamente. a ponta dos dedos anestesiada. estava encharcado de repente. o suor tinha uma consistência grossa e oleosa. alcançou a flanela no porta-luvas. um fio de secreção acompanhou seu movimento. tentou secar-se. alguma coisa estava errada. ao passar a flanela pela testa, limpou uma excreção amarelada com fios de cabelo. "mas que merda é essa?" olhou no retrovisor. sua visão estava levemente desfocada pelo suor que lhe cobria os olhos, ou seu rosto parecia meio disforme, desmanchado. sua boca estava cheia de sebo. engoliu um bolo de catarro. quase vomitou. sentiu o que poderia ser uma hemorragia interna. sua mão escorreu do volante. estava perdendo as forças. “meu deus”, pensou antes de o corpo inerte dobrar-se sobre o guidão, disparando a buzina. o mesmo olhar coagulado e impotente de um boi desesperado. estranhamente, por algum metabolismo medonho, as ligaduras musculares se desfizeram, desconectando as cartilagens. sua carne começou a derreter como uma pasta viscosa. sua orelha escorrendo pelo ombro gosmento até não se poder reconhecer mais nada. não sentiu dor. não viu nenhuma reprise. apenas a irracionalidade daquilo tudo em semiconsciência, enquanto afundava nessa gosma para baixo do tapete. uma manteiga derretida na chapa em pleno congestionamento na imigrantes.

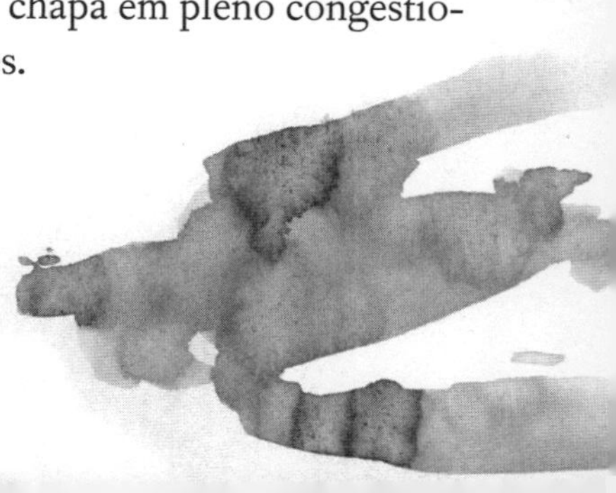

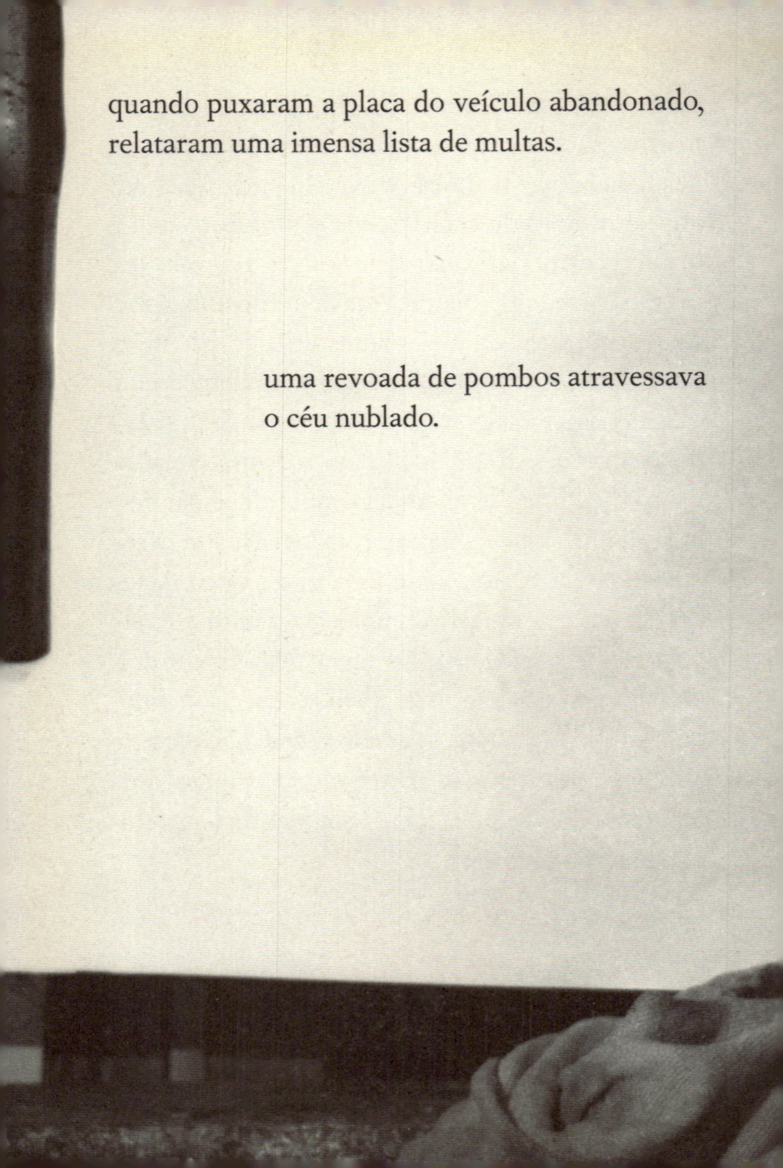

quando puxaram a placa do veículo abandonado,
relataram uma imensa lista de multas.

uma revoada de pombos atravessava
o céu nublado.

souvenir

caligrafia sobre a pele

sobre a fina pele da moralidade

gênesis 9:6

e as tiradas geniais e terrivelmente macabras de hitchcock ao apresentar o seriado mestre do suspense, *como um perfeito anfitrião do inferno.*

seria ótimo que o mesmo ocorresse aqui enquanto passamos o café. até lá, tente imaginar outras possibilidades. como patolino, por exemplo, em um episódio de metalinguagem para apresentar nosso próximo capítulo.

o que veremos a seguir é o grão fotográfico do filme preto e branco revelando a face de algumas sombras fugitivas, mulheres desgraçadas pela vida. fotografava a todas compulsivamente. antes, durante e depois de fodê-las, escrevendo nessas donzelas assim como no "livro de cabeceira", frases sem o glamour do filme. a pele por si só era um suporte perfeito para uma nova série de pinturas. a vida ia se escrevendo em meio a essa bandalheira regada a puro conhaque dreher, pozinho mágico e baixa literatura.

na bunda soberana
da mulher tigre.

obsessão é permanência

vitimologia

infelizmente não caberiam todas aqui. por isso segue uma seleção acompanhada de algumas frases elementares como um bônus, como gilettes guardadas debaixo da língua, ou quem sabe a última coisa que ela disse antes de sair por aquela porta ficou gravada em algum lugar fantasmagórico, como veneno letal de uma serpente, envenando sua personalidade, ferrando tudo, no mesmo lugar de onde surgem todas as obsessões.

▶ *"nada é menos real que o realismo"*
- georgia o'keeffe ■

subliminares

embaixo da língua

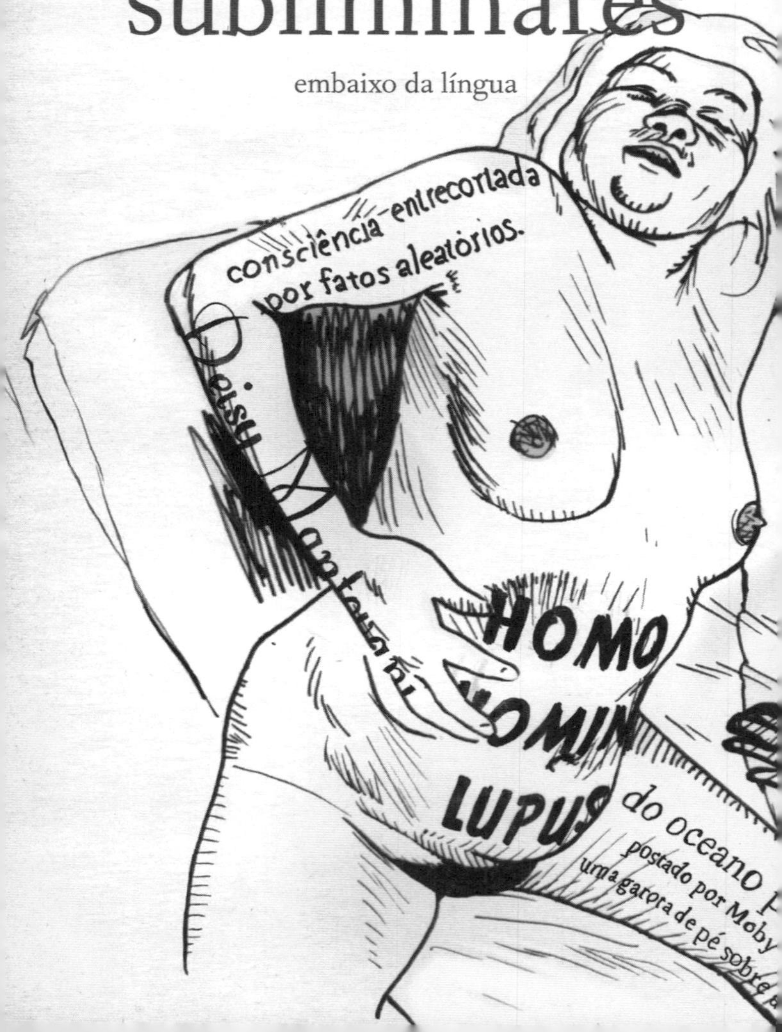

Bull Dogma
W
W
tio hipopótamo
NUS

na boca do lobo

filme noir de baixo orçamento
haikai de boca

tinha um olhar de satisfação demoníaca ao lamber a glande inchada como o brilho encouraçado de um besouro.

onde criança perde o doce e enfia outra coisa na boca. onde a violência é a única regra e a escória não possui disfarces, frequentava os piores botecos e bordéis. ele a procurava em outras mulheres. fosse um gesto, uma expressão, qualquer detalhe. antes a tivesse esquartejado.

► *"me dei conta de que todas as ideias realmente boas que tive ocorreram quando eu ordenhava uma vaca" - grant wood* ■

Toda-me bastardo

porque tiro no pescoço nem galinha aguenta

caligrafia sobre a pele

como ciprestes infernais de van gogh, convergindo e furando a branca barriga de deus, suas vísceras divinas caindo sobre meu peito. o espaço desistindo ao tempo. inunda minha boca com seu mar de leite.

"comecei a comprar minhas calcinhas com nove anos" - cospe a um dos caras encostado no balcão.

► *"tinham-me por surrealista. e não está certo. nunca pintei sonhos. o que tenho representado é minha realidade" - frida kahlo* ■

PORNOGRAFIA É O
SANGUE QUE ESCORRE
QUENTE
zeitgeist
que se foda
cabron

souvenir

mais do que uma caligrafia sobre a pele

como toda virilidade de assassino empertigado de vaidade mordaz tal qual a espinha de peixe.

cortina verde na janela de alumínio, piso de taco desgastado, criado-mudo sem nada em cima, pequena televisão no suporte de parede, o cheiro de cândida vindo do banheiro, uma cama estreita e a prostituta já nua. esperando. tinha uma fita do bom jesus da lapa no tornozelo. sua buceta era boa e ardida.

► *"e ninguém nos pode contradizer quando afirmamos que pintura e sensação são duas palavras inseparáveis" - umberto boccioni* ■

sei shonagon

livro de cabeceira

alguém lambendo sua feiura doces improvisos na pele dormente de uma gueixa da criatura acefálica os cílios.

passo a mão no cigarro. acendo. observo sem o menor interesse a mulher terminando de encobrir o corpo flácido, dissimulado, real, com uma pressa fora do comum para sumir dali. solto uma longa baforada fazendo fluir uma nuvem de fumaça cancerígena que a envolve. ela pega a bolsa e sai rapidamente sem dizer nada, como se tivesse perdido alguma coisa humanamente irreversível.

► *"... tão intensamente quanto possível"*
- max beckmann ■

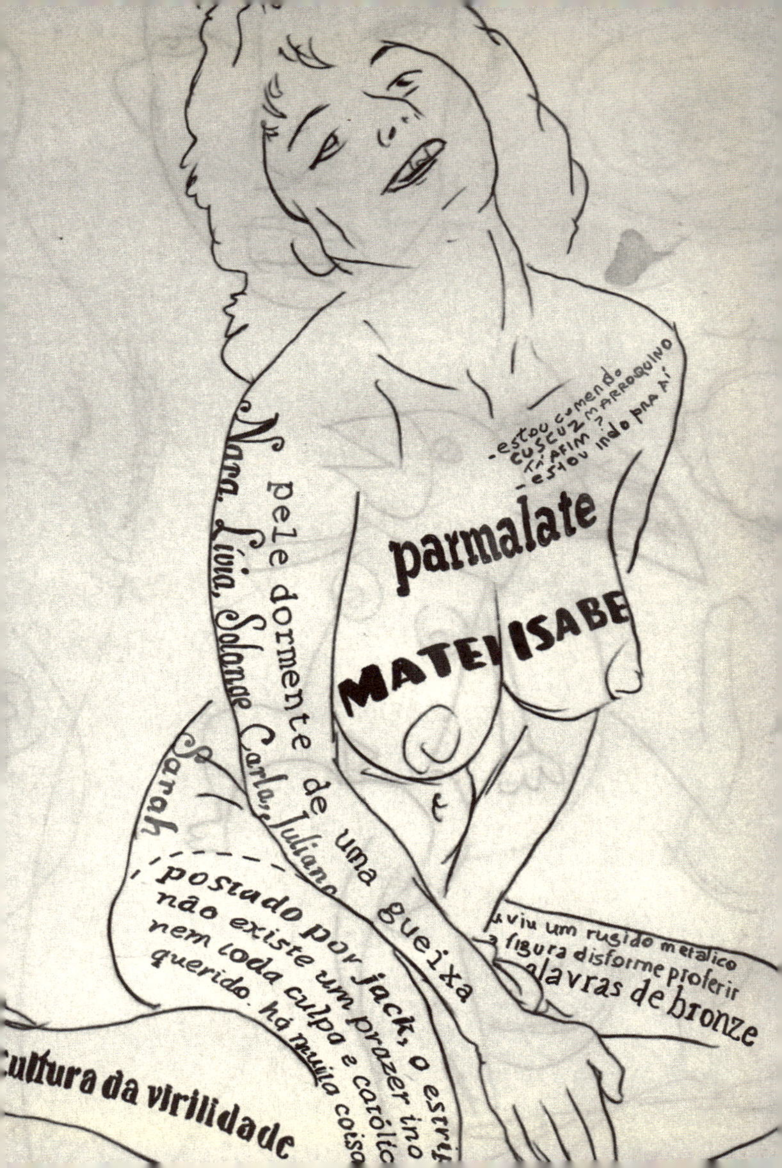

estou comendo CUSCUZ MARROQUINO
TRAFIM ?
estou indo pra aí
parmalate
MATEI ISABE
Nara, Lívia, Solange, Carla, Juliana
Sarah
pele dormente de uma gueixa
postado por jack, o estri
não existe um prazer ino
nem toda culpa e católic
querido. há muita coisa
viu um rugido metalico
a figura disforme proferir
palavras de bronze
cultura da virilidade

tauromaquia

o chifre do touro em suas pernas
segundo golpe

até romper a pele e sangrar seriamente uma de suas modelos.

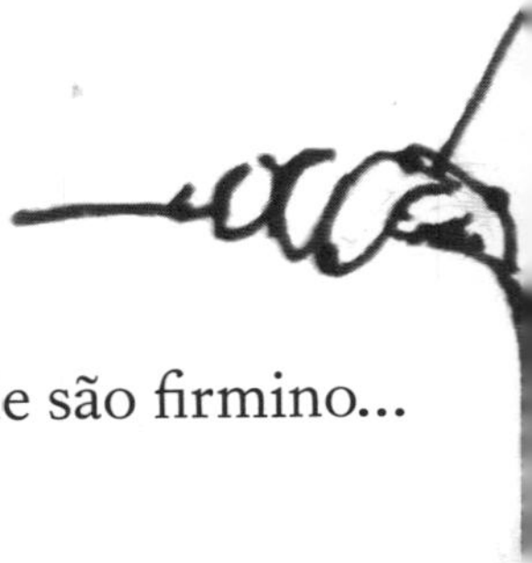

era um touro de são firmino...

▶ *"a garganta, assim como nos dois primeiros casos, foi aberta por dois cortes, e o abdômen aberto por um corte longo, profundo e irregular. o rim esquerdo e grande parte do útero foram removidos" - wikipédia.* ■

há algo morto
por detrás da pele

... em disparada, fodendo tudo o que houvesse pela frente, alimentando com violência irrefreável, suas vontades homicidas.

ao menos a
pornografia
é clara.

► *"arte é uma farsa" - robert crumb* ■

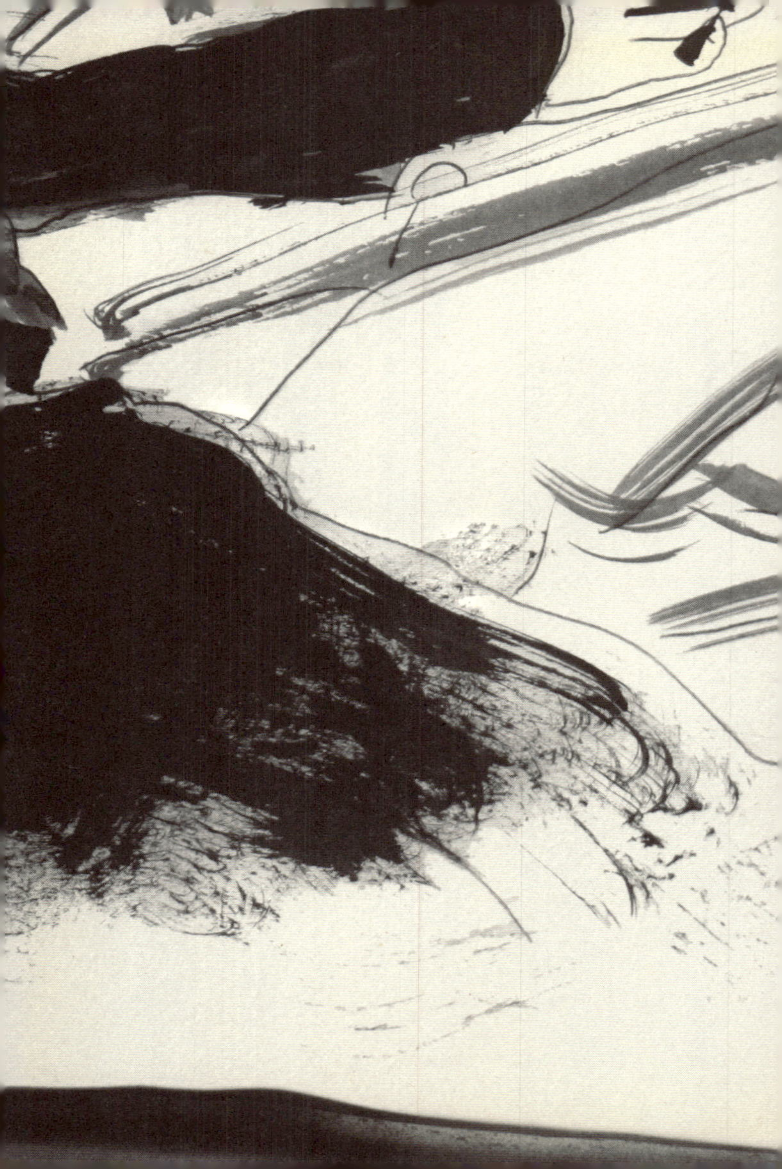

a seguir, escritora de livros infantis comete atentado ao pudor

taxidermia

a arte de dar forma à pele

pressão interna

a procura de uma imagem definitiva

numa agradável cafeteria, ele está tomando seu terceiro café do dia acendendo um cigarro atrás do outro. o rosto duro, rugas cansadas, ostentando uma tranquilidade cínica enquanto o sol lá fora atravessa o vidro, aquece levemente sua pele.

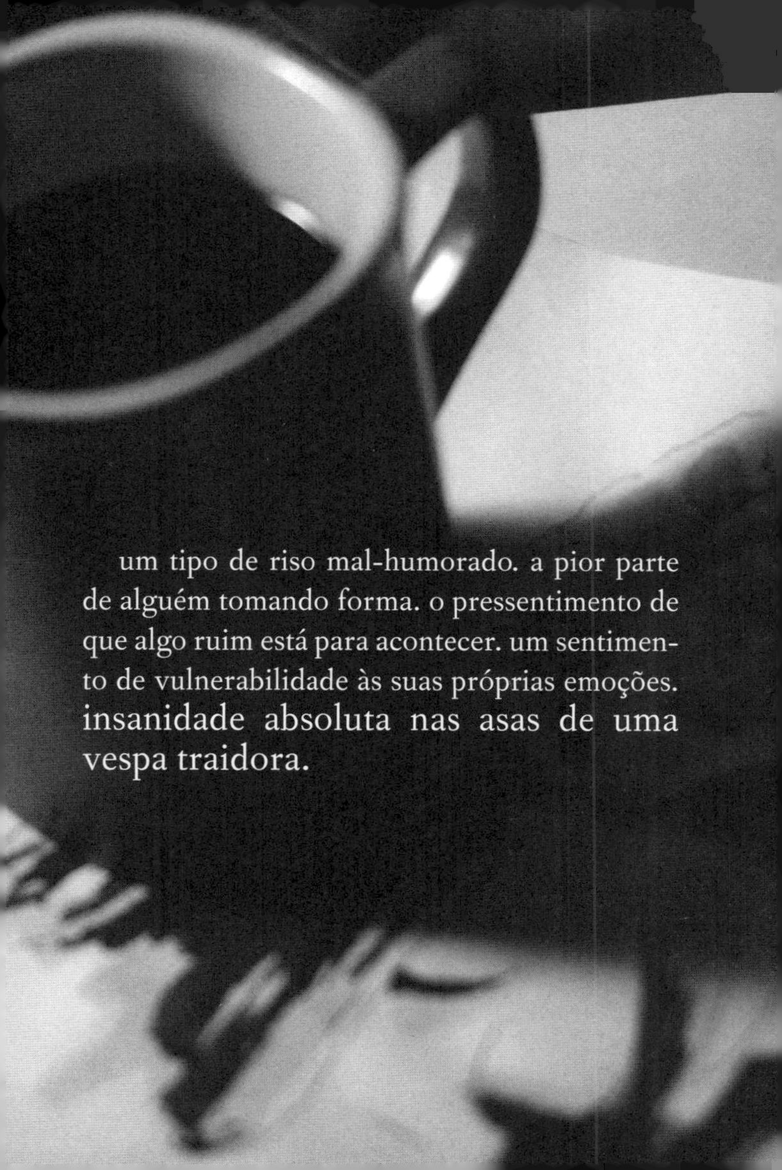

um tipo de riso mal-humorado. a pior parte de alguém tomando forma. o pressentimento de que algo ruim está para acontecer. um sentimento de vulnerabilidade às suas próprias emoções. insanidade absoluta nas asas de uma vespa traidora.

azuma kirin dourado

segundas patologias felpudas

transtorno explosivo intermitente epilepsia déficit financeiro emancipação da carne perversa indignação moral sua permanente catástrofe eu deveria matá-lo através de influências estranhas.

um cachorro surgiu entre as cadeiras, procurando restos de comida. parou ao seu lado, encarando com aqueles olhos famintos. de uma maneira que não se escreve, havia alguma semelhança entre os dois.

licantropia - terceira parte

acumulações

uma maneira obsessiva de se confessar. o cinismo mais denso torna-se inodoro. a mais baixa destruição ganha contornos de uma mera vaidade e as falhas humanas criam pelos em sua língua.

revelava um século de infidelidades.

depressão

int. cozinha - noite

seu cérebro contorcendo-se como um inseto flamejante, sussurrando o fim das noites de mentiras suaves. uma ânsia de imolação a cada tragada. posicionou-se de frente à câmera e se deixou registrar nesse último diapositivo.

começava a mancha de infiltração no teto, descendo pela parede, descascando a tinta como se trocasse a pele. a louça suja estava na pia há mais de uma semana. havia uma crosta amarela em tudo e fedia.

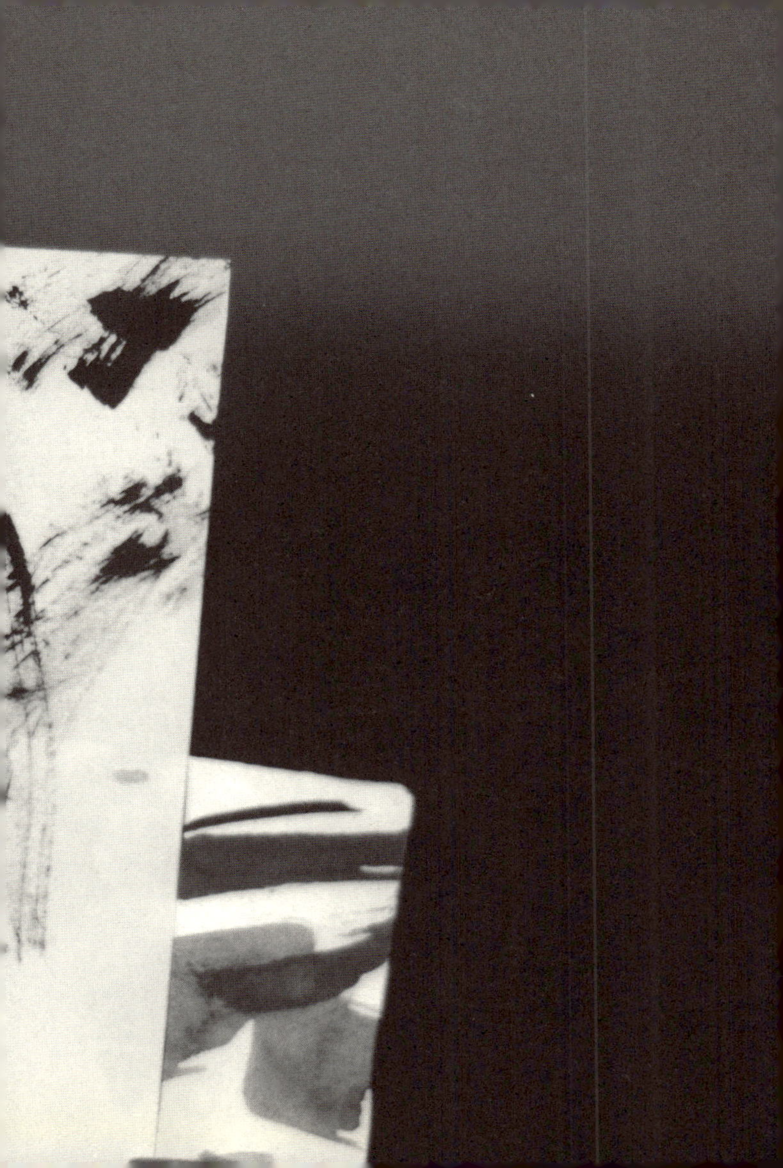

taxidermia

int. sala do apartamento - noite

ansiedade raspa os pelos de meu estômago usando uma gilete cega. sinto o líquido quente escorrer em meu aparelho digestivo. o tecido fibroso que perdi dessa maneira decora as paredes da sala como objeto de repúdio.

um lobo mastigando seu rosto enquanto dormia.

das vontades irresistíveis

de petrus gonsalvus em trecho extraído
da série de pinturas “sobre instintos”

quando a estupidez fala mais doce,

quando a vulgaridade é real e lhe concede todos os direitos,

quando o sentimento de sua monstruosidade e fraqueza deita-se como pluma sob lume nas veias;

essa força inédita que não sugere qualquer tipo de pretensão,

é apenas você despindo-se diante de mim.

teclou enter. foi até a geladeira. tirou uma skol. ficou lá pela cozinha fitando o calendário do ano passado, ilustrado com um castelo à beira de um lago cristalino em algum lugar da europa.

le loup garou

a transformação

trecho extraído da série de pinturas “sobre instintos”

sobre a superfície em estado de calma, essa humanidade animalesca, a figura de um animal lambendo as feridas de uma personalidade moral capaz de aceitar a completa e primitiva dualidade do homem, era um lobisomem sem barba.

tragou e deixou que a fumaça saísse pelo nariz.

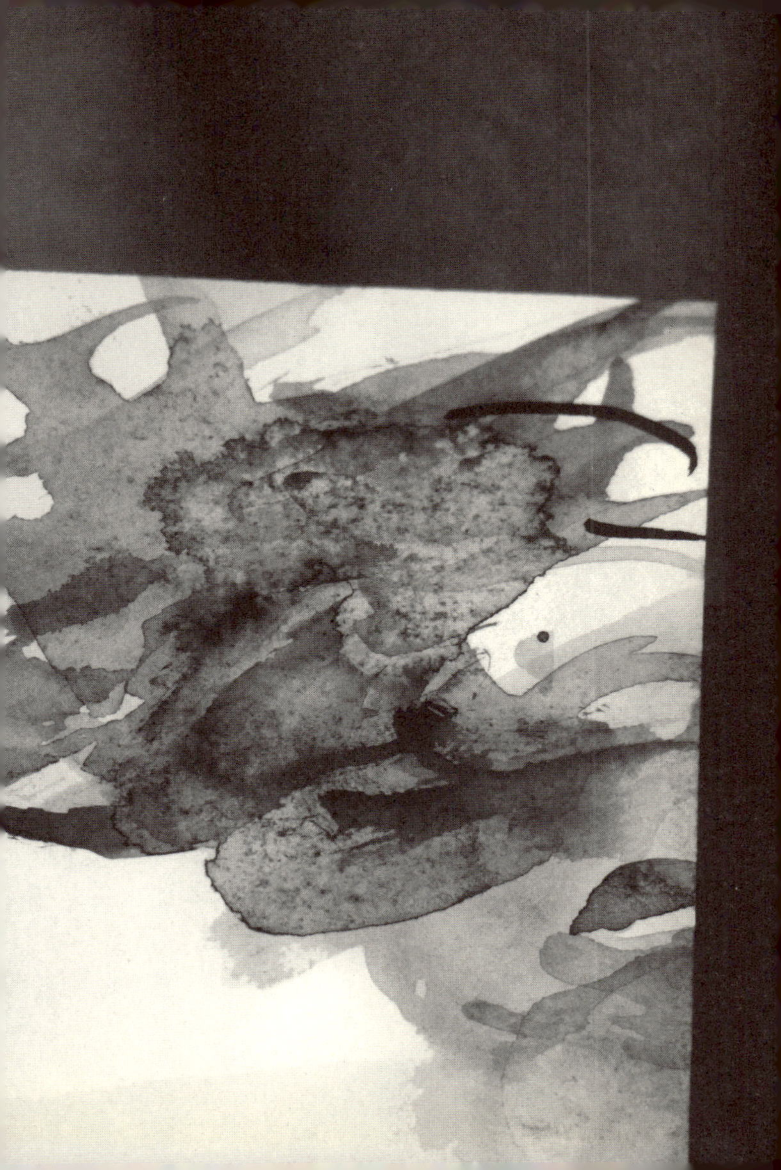

os mansos herdarão a terra a sete palmos

cultura indócil

cada indício de crueldade e corrupção são valores a serem expugnados com igual violência antes que se farte o desejo de uma dor física humilhante desse filho bruto da natureza, da agressão a seu bel-prazer, simplesmente pelo gosto que impregna com certa gordura o céu da boca, sem as rédeas de nenhum sentimento lícito pela humanidade, aboliram a fisiognomia, mas ainda está na cara, escancarado, o sorriso do lobo.

delirium tremens

mahler - sinfonia nº 5 - trauermarsch

salva teu servo diante do inimigo. preso nas garras do mais antigo inimigo do homem. que este não tenha poder nem forças para causar-lhe dano. pai onipotente, deus eterno, que meus rogos cheguem a ti. arranca da ruína e das garras do diabo diurno este ser feito à tua imagem, sangue do teu sangue, carne da tua carne. faze com que sua mão poderosa expulse este espírito imundo do corpo que é teu santificado instrumento, rejeitan-

do a própria humanidade. goza ainda a carne à sua vontade hedionda. "tantum ergo sacramentu veneremur cernui: et antiquum documentum novo cedat ritui: præstet fides supplementum sensuum defectui."

atravessou aquela mistura abafada de desodorante barato, cigarros e álcool. estava tão claro e brilhante lá fora que lhe doeram os olhos. pegou o carro e partiu. sem saber para onde.

Deus é fiel

onde sempre estive

"glorification of the chosen"
- igor stravinsky

passado voltou a ter cheiro, temperatura. mesmo que uma década nos distanciasse não podia mais ignorá-lo. deixei que se diluísse entre as linhas das mãos, na corrente sanguínea, na gordura do corpo, dissolvendo à minha volta todo contorno insignificante assim como uma melodia secular reverbera seus acordes.

pela janela do carro, à sua
direita, o céu avermelhado
pelo sol poente

a marmota

...

puxei-a para o banco de trás e comecei a agredi-la violentamente. esmagando seu pescoço com o antebraço, consegui que ela cedesse. devo ter rasgado a mão ao atingir seus dentes. dava pra ver que ela se retorcia por dentro. seus olhos queimavam em fúria. e desespero. salivava feito um animal demente e a comi de todos os jeitos. tudo se misturava a sangue. redenção através do erotismo era uma mentira. entrava em estado de torpor.

▶ *"it never entered my mind" - johnny hartman* ■

estava feito.

o sol da primavera iluminando a paisagem campestre. vemos um veículo antigo, impecavelmente polido, parado sobre a vegetação rasteira. a lataria reluzente do carro completando essa fotografia bucólica, insuspeita, no mesmo instante em que um falcão-sombrio rasga o céu com seu voo rasante sobre nossas cabeças.

não havia eviscerado ou limpado o animal. no entanto, mastiga sua carne com aparente calma, cuspindo um ou outro pelo, enxugando o sangue ainda quente que escorre pelo queixo. percebemos um certo traquejo. uma expressão terrivelmente familiar. a winchester .44 e o boné de caçador jogados de lado, o ódio irreparável sobre o banco de trás do carro. reconhecemos nesses olhos esbugalhados uma vingança de décadas. e por mais absurdo que seja aceitar, mesmo que haja uma marmota no lugar de um "toelho", estamos diante da própria sobrenaturalidade traduzida como hortelino troca-letras.

quando tudo acabou, a janela estava embaçada. consegui me recompor. disse não estar em meu estado normal. ela pediu que a deixasse em algum lugar conhecido. o motor ainda estava ligado. engatei a primeira e saí.

talvez chovesse.

► *"the last good day of the year"* - cousteau ■

o realismo

sobre a imagem desfocada

o terror estava no pressentimento de que uma imagem abominável se escondia pouco além das palavras, como em um lugar maldito, abandonado pela razão humana, suplicando o cadáver de alguém. construído de maneira impronunciada, seu contorno renunciando à precisão. esse cheiro da morte exalava de mim.

deus...

não podia fazer mais
nada.

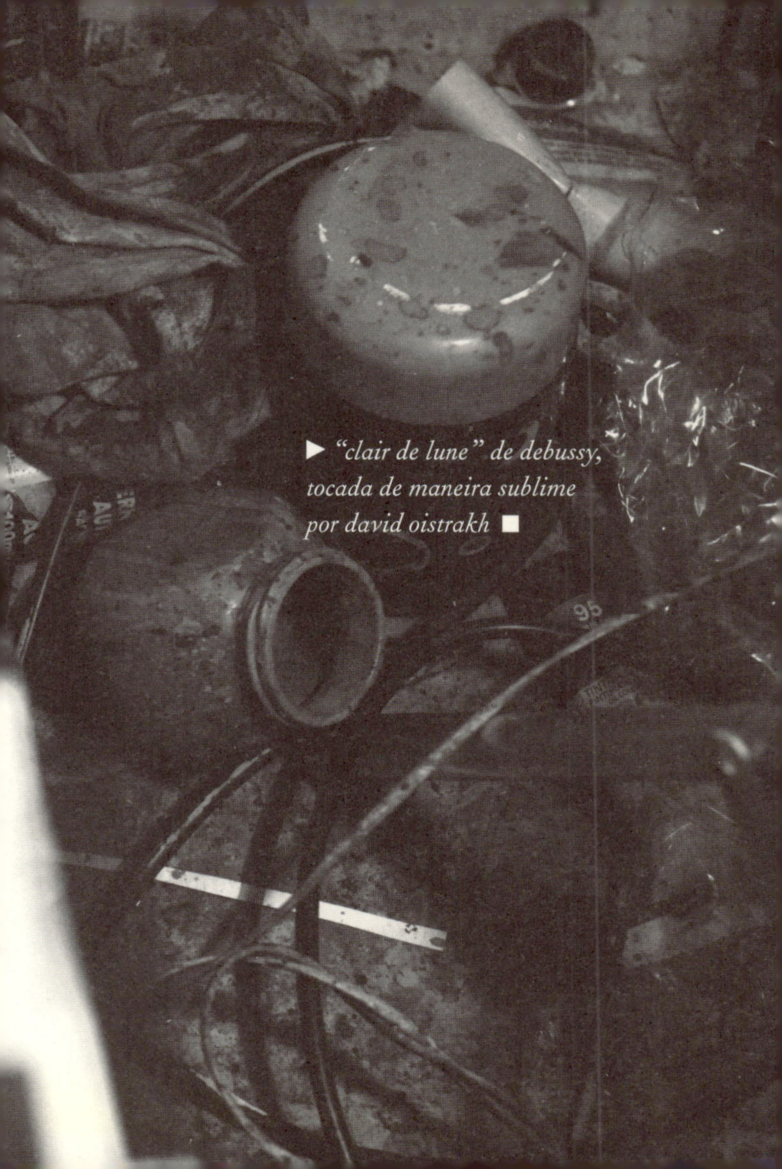

▶ *"clair de lune" de debussy,*
tocada de maneira sublime
por david oistrakh ■

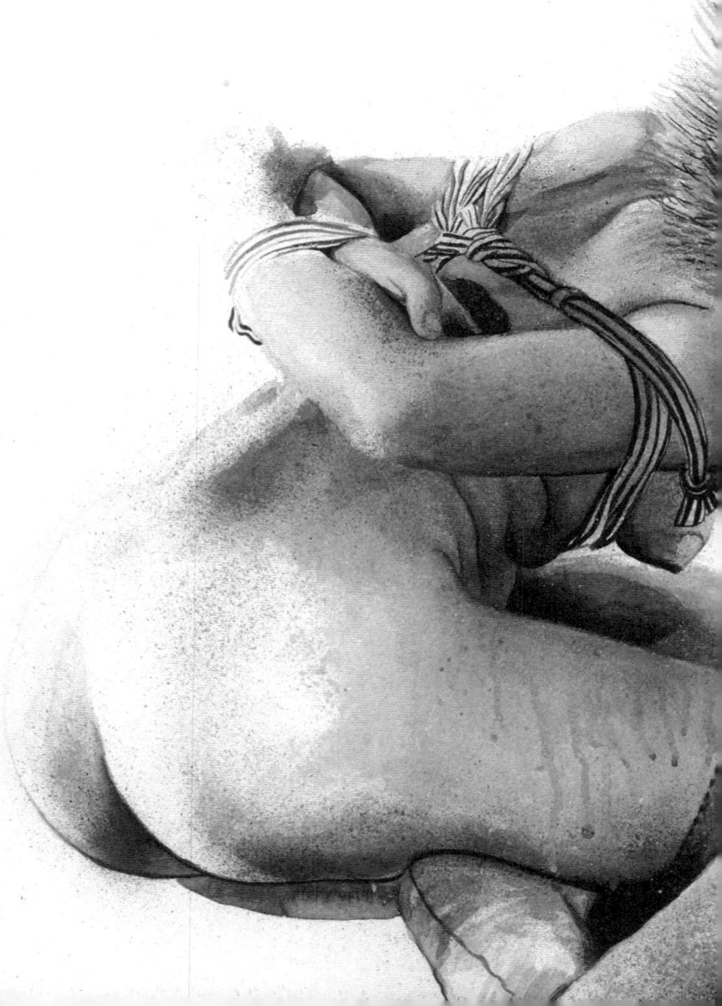

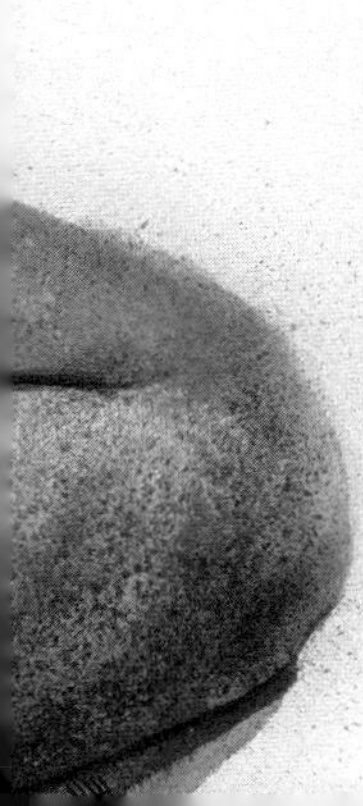

.taxidermia pária de deisy mantovani

epílogo

mortal

.sósia
de coppola

inimigo íntimo

autorretrato

e a realidade não apresenta a ousadia que se espera. se arrasta. como se gastasse a vida. porra de vida. sem suposições. sem fascínio. uma forma superficial, sem peso, com discursos debilitados. se impor era uma arte. estilo era arriscar até o último round. ainda que narrativa, vulnerabilidade possuía força estética, mas nem isso eu consigo enxergar mais. é lei da antiestética. nem formal, nem informal demais. o que foi sublimado? onde foi parar o prazer da insubordinação? você é seu inimigo. e quanto a isso só resta a insignificância.

a luz de fora desenhava um mondrian sobre o piso de tacos. a chuva havia dado uma trégua. um meteoro caía na rússia. suas mãos ainda tremem.

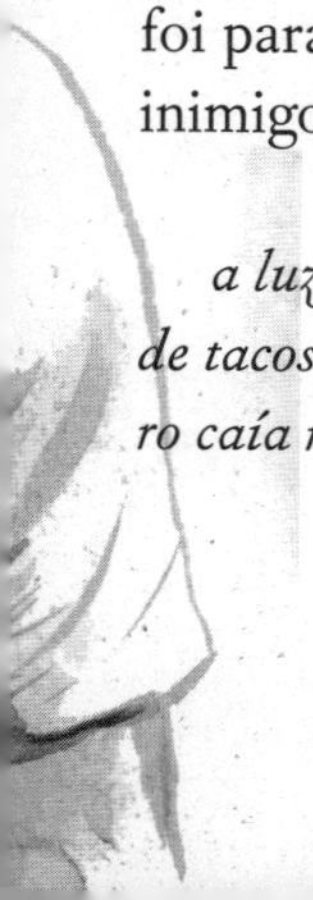

a literatura serpenteava num strip barato, e a pintura, apesar do que foi dito, continuava uma merda.

precisava beber alguma coisa forte.

ao abrir a porta do apartamento encontrou a filha da vizinha sozinha no corredor - o que nunca acontecia, estava sempre acompanhada da mãe.

a menina tinha o olhar imóvel, a boca estancada numa doce debilidade. sua pele sem qualquer pigmentação, dotada de um branco absoluto, era tão fina que se lia as veias. mas aquele retardamento grave o incomodava.

existe uma fissura no cérebro por onde passam sensações inexplicáveis, onde o sobrenatural consegue agir de alguma forma, sob uma lógica inumana.

naquele breve instante, a realidade deixou de existir.

fim

► *"devil got my woman"* - *skip james* ■

.isabel

Este livro foi impresso
em papel polen bold
na gráfica Intergraf
em janeiro de 2014.